JN327610

# リフォームの爆発

町田 康

幻冬舎

# リフォームの爆発

朝《あした》に紅顔ありて夕べに白骨となる。少年老いやすく学成りがたし。ということを父親に教わったのは十一歳のとき。なるほどそのとおりだ、と思って帳面に書き留め、週に一度か二度くらい、これを眺めた。自重自戒にこれつとめた。

ところがそんなことをしているのにもかかわらず、学は成らず、高等学校に通わせてもらいながら、勉強は二の次、三の次で、場末のライブハウスで歌うたいの真似事をするという陰惨無慙《むざん》な生活をするようになってしまった。

なぜそんなことになったか。それは、朝に紅顔ありて夕べに白骨となる。少年老いやすく学成りがたし。という言葉と実際の勉学との間に距離・懸隔があったからである。

これは言葉というものの特徴・特質、固有の性格のようなもので、言葉を上手に使えばこの世の真理・真相に近づくことができ、またそれを正確に表すことができるのだけれども、近づけば近づくほど、この世の実態・実情から遠ざかっていくのである。

誰が聞いても、まったくそのとおりで、疑う余地のないこと、が言葉で議論されて実現してこなかったのは、そうした事情が言葉にあるからである。

だから例えば国や地方の選挙の際、候補者が、「国民、市民の生活の向上を目指します」「住みよい町を作ります」「持続可能な社会を目指します」なんつっても、毫《ごう》も心に響かず、なんとも空疎であるよなあ、という慨嘆だけが口をついて出るのだが、それはなにも政治家が馬鹿だからではなく、言葉というものがそういう性質を有している以上、仕方のないことなのである。

そうした言葉と実情の懸隔を埋めよう、或いは橋を架けよう、と日々、努力している人たちが居る。誰か。小説家である。

小説家はともすれば実態・実情から浮きあがり、真理・真相に、フラフラア、フラフラア、と近づいていく言葉を捕まえ、再度、実態・実情に埋め戻すことから生じるエナジーを推進力としておもしろき物語を生み出す、ということを日々これおこのうているのである。

しかし、惜しむらくはその際、小説家に与えられる道具もまた言葉であるという点で、言葉を用いる以上、言葉の性質によって、その内容が実態・実情から遊離して、真理・真相の側にウカウカと近づいてしまう危険が常にある。

また、附言をするなれば、実態・実相に日々直面し、その辛辣過酷なるを熟知する人民大衆というものは、言い換えれば読者というものは、美しげな真理・真相を好むもので、「この本にはいったいどんな真理・真相が書いてあるのだろう」くらいな気持ちで書物を手に取る者も少なくなく、そうした読者に阿《おもね》り、敢えて美しげな真理・真相のようなことを書き散らかし、それが十八万部くらい売れてしまった経験を持つ者はなかなかそこから脱却できないで、嘘と知りながら、また、二番煎じ三番煎じで前ほどは売れないのにもかかわらず、言葉を用いて真理・真相を抽出し続け、そうこうするうちに己が生み出した嘘の真実に中毒し、己の嘘を己が信じるようになってしまう。

それは文学的な死であり、また、社会に害毒を撒き散らすことでもある。

私がそのことを知ったのは、『餓鬼道巡行』というグルメガイド本を執筆している最中であった。

その発端で私は建築論を語った。それは建築というものの真理・真相を鋭く衝いていた。しかし、論考を進めるなかで私は右に申したような、実態・実情からの浮きあがりを感じたのだ。そこで私は実体的な議論を展開するため、理論に即した自宅の改修工事、いわゆるところのリフォームを行うことにした。

しかし、その本の中で、リフォームの成り行きについては敢えて触れなかった。なぜなら、そこでリフォーム論を展開したところで、言葉というものが右のごとき性質・性格を蔵したる以上、その論考もまた、真理・真相の側に浮きあがっていくことは免れぬ、と考えたからである。

しかし、その後、多くの読者から、「あのリフォーム工事はその後、どうなったのか」という問い合わせがあった。なかには、「気になって夜の目《よめ》も寝られず、睡眠不足で仕事が捗らない」とか、「気になりすぎて鬱病を発症した。どうしてくれる」といった剣呑《けんのん》な内容のものもあり、それを気にして、私は夜の目も寝られなくなって仕事上のミスを頻発、しまいには鬱病を発症しかかって、そこで編輯者と相談のうえ、本稿を起こすことにした。題して、「リフォームの爆発」。

内容は、私の自宅改修工事の進み行きとその結果について、であり、文章を書くにあたっては、徹頭徹尾、実態・実情の側について、真理・真相の側に浮きあがり、抽象論・観念論に堕することのなきよう、すなわち、絶対に真理を語らぬよう、細心の注意を払うつもりである。

とはいうものの、才能に恵まれぬ凡才ゆえ、言葉の性質に引きずられ、ウカウカと真理を語ってしまうこともあるやもしれぬが、その点についてはご寛恕《かんじょ》願いたい。

という訳で思わず前置きが長くなってしまった。早速、本論に入ることにするが、その前に、どういった順序で論考を進めるかをまず示しておこう。

一に、リフォームとはなにか。ということを示しておきたい。ただしそれは概論のようなものではなく、あくまでも実態・実情に即したものであるべきである。

つまりなぜ、リフォームをする必要があったのか。実際上、生活上の問題点・改善ポイントを列挙することによって、リフォームとはなにかということを明らかにしたい。

二に、リフォーム工事の進行、について明らかにしたい。これもドキュメンタリイの技法を導入するなどして、実態・実情に即した、というより、実態・実情そのものを提示することになるだろう。

三に、リフォームの効果、について明らかにしたい。一で挙げた、問題がどのように解決されたのか、或いはされなかったのか。豊富な事例・資料に基づいた議論を展開したい。

四に、リフォームの費用、について述べたい。これはもう端的に言って、銭金、の話である。こうした場所で銭金の話をするのは、下品の誹《そし》りを免れぬのかも知れない。そりゃあ、真理・真相にとって銭金などというのはまったくどうでもよい話なのかも知れぬ。しかし実態・実情にとって銭金は最重要課題で、むしろ銭金を中心にすべてが回っていると言ってもよいくらいである。そうした銭金、すなわち、ひとつびとつの工事になんぼくらいかかったのか。それは安いのか高いのか。いっさいのモザイクを廃して、すべてを明け透けに、そして克明に提示する所存である。

五に、リフォームの今後、について語りたい。実際上の見地から見て、今後、リフォームがどのようにあるべきか。理想的なリフォーム、経済とリフォームの関係、文学作品のなかのリフォーム、諸外国におけるリフォーム、国家とリフォーム、リフォームの宗教性、日本中世のリフォーム、宇宙的リフォームとは、といった議論を展開していきたい気持ちもある。

まあ、ここまでが前置きということか。ならば私はちょっと一行空ける。

ははは、空けた。まあ、そういうことで早速やっていくことにしよう。こうした場合、いつまでも前置きをやっていて本論に入らないと、中途半端なところで終わってしまい、議論がぶつ切りになってしまう。タコのぶつ切りなどというものは、ちょっと塩を掛けただけで冷酒の当てにもなって、非常によいものだが、議論のぶつ切りにはそうしたよさがまったくない。

で、申し上げる。リフォームとはなにか。実情に即して申し上げる。リフォームとは家に対して行う改修工事で、例えば、長いこと使っているうちに家の雨戸の開け閉《た》てに非常な困難が伴うようになったとする。

仮にこの家の主の名前を岡崎真一さんということにしておこうか。

岡崎さんは長年、塗装工として働いてきた人である。実直な人では決してなく、どちかというと性格の悪い人で、例えば職場の仲間とコンビニに午飯を買いに入ったとする。ところが、切りまで仕事をやってから来たため、稍《やや》、遅い時間になってしまい、がためにコンビニの棚がスカスカになってしまっていた。

というのもこのコンビニの店主、名を堀田光三というのだが、極度に心配性な質で、多く仕入れた場合の廃棄ロスを恐れるあまり、発注量を極度に絞っているため、午《ひる》など、直ちに棚がスカスカになってしまうのである。

しかし、岡崎の勤務する工場の近くにはこのコンビニが一軒あるばかりで他の選択肢がなく、岡崎とその同僚たちは、本来、弁当や握り飯、サンドイッチなどを欲していたのにもかかわらず、菓子パンやスナック菓子などで味気なく腹を満たすことも屡々《しばしば》、というのが実状であったのである。

そんなスカスカの棚に、いかなる偶然の灯火であろうか、ひとつだけ、弁当がひとつだけ売れ残っていた。それも安価にして美味なる、海苔弁当、である。

海苔↓乗り↓法↓矩。そんな不思議なベクトルが人の心にはある。なのでかかる場合、腹の中では、この海苔弁当を我が物としたい、他人の手に渡したくない、と思いながらも、ともに働く同僚・同志諸君を慮《おもんぱか》って、「儂《わし》はよい、あんたが取ったらよかろう」「いや、儂はいいよ。あんたが取りなさい」と言い合う場合が多い。

これを実態・実情の世界では、遠慮、と呼んでおり、過ぎれば弊害もあるが概《おおむ》ね尊いものである。

ところがそうして同僚が互いに尊い遠慮をしているとき、その一瞬の隙を衝いて岡崎は、たったひとつしかない海苔弁当を、あまりにも敏捷な動作でバスケットに入れ、呆気にとられる同僚を後目《しりめ》に殺して勘定場に向かったのである。

常識、一般。から考えればこれは鬼畜の所業である。では岡崎は、自らが鬼畜であるという自覚を持ってこれを行ったのだろうか。

否である。それどころか岡崎はこれを、当然の権利、と堅く信じていた。みなが遠慮をしあっているのに、どうしてそんなことを思えるのか。それは岡崎が、自分は社会から不当な扱いを受けている被害者、と考えていたからである。

岡崎は、本来、自分は社会からもっと優遇されるべきであると考えていた。岡崎は塗装工をして、人並みの給料を取っていたが、それはきわめて不当な扱いであり、最低でも年収一億円は貰って当然、と思っていたのだ。

しかし、現実にそうならないのは社会が自分を不当に低く評価するからで、岡崎はそんな社会から本来の自分の取り分を取り返すのは当然の権利、と信じていたのである。

だから、そんな普通に考えれば鬼畜としかおもえないようなことをしても岡崎はまったく愧《は》じるところはなかったし、それどころか、本来の取り分から考えればこれでも大損だという不満感・被害感を抱いて、逆に尊大な態度で鬼畜行為を行った。

という具合に岡崎さんは性格が悪かった訳で、となると、なぜ岡崎さんがそのように、自分は社会に冷遇されるにいたったか、という議論をするべきだが、いまはその時間がないのでそれは省き、とにかくそんな岡崎さんの家の雨戸の調子が悪かった、ということだけを現時点では、確認しておきたい。


さてそして、今日日《きょうび》の家には雨戸というものがない場合が多い。あっても昔ながらの戸袋からガラガラと引き出す式の雨戸ではなく、下に引き下ろす、シャッター式だったりする。

岡崎さんの家の雨戸はどうだったかというと、昔ながらの戸袋から引き出す式の雨戸であった。

というのは岡崎さんの家というのが、築後四十年を経過した古い日本家屋であったからである。というと庭に面して縁側があったり、二間続きの和室があったり、炉を切った四畳半の茶室があるなどする趣のある日本の住宅を思い浮かべる人があるかも知れないが、そんなことはなく、岡崎さんの家は、なんの趣もない、いわゆるところの安普請《やすぶしん》であった。

ギリギリの敷地に総二階の建物が建って、よく、猫の額ほどの……、というが、それほどの庭もなかった。柱は細く節だらけで、いたるところに新建材が用いてあった。よって年月を経て味わいが増す、ということはなく、ただただ古びて傷んで、みすぼらしいばかりだった。

また、給湯その他の設備も古いため、岡崎さん一家は日々、随分と不便な思いをしていた。だったらそんな古い家を出て、新しい設備を備えたいま風の洒落《しやれ》た住宅に越せばよいではないか、というようなものであるが、岡崎さんはそのみすぼらしく不便な家に住み続けていた。

なぜか。専ら経済的理由によってであった。

新しい家に越せば間代がかかるが、いまの家に住む限り、間代はかからなかった。そう。岡崎さんは、持ち家、に住んでいたのであった。

ちょっと岡崎さんから離れるが、これは、リフォーム、にとってきわめて重要なファクターである。なんとなれば、貸し家をいくらリフォームしたところで、自分の資産価値が上昇するわけではないし、下手をすれば退去の際、原状復帰、の名目の下、さらなる入費《にゆうひ》がかかる可能性がある。

したがって、リフォーム、をしようと思ったらその家が、持ち家、である必要があるのであるが、右に言うとおり、岡崎さんの家は、持ち家、であった。

といって、岡崎さんが自らの甲斐性で建築した家ではなく、親から受け継いだ家であった。それも、岡崎さんの親ではなく、岡崎さんの妻、佳枝（四十八歳）の両親から受け継いだ家であった。つまり、いま岡崎さんが住んでいる家は佳枝の実家であったのだ。

受け継いだのはいまから二十年前、長男の小五郎が生まれた頃であった。

その頃、岡崎さんと佳枝は、いまの家からほど近いところにアパートを借りて住んでいた。清風ハイムという名の、二階建ての軽量鉄骨アパートで、借りていたのは鉄の外階段を上がった外廊下の一番奥の２０６号室であった。入ってすぐが六畳の板の間で廊下側に流し台が取り付けてあった。ガラス障子の向こう側が六畳の和室、窓のすぐ下は私鉄の鉄路であった。

当時の岡崎さんの収入にふさわしい住まいであったが、昔と違って生活道具や一人の人の持つ服や靴の増えた昨今では稍手狭で、ましてや子供が生まれるとなると、なにかと問題が生じることが予測される住まいであった。

そこで、相談のうえ、佳枝の実家に移ることにしたのだが、問題がひとつあった。というのは佳枝の実家は、いま言ったように立派な家ではなかったうえ、かなり狭く、二世帯が同居するのは不可能であった。

ならば所謂《いわゆる》、二世帯住宅、に建て替えればよいではないか、というようなものであるが、岡崎（面倒くさいので当分の間、敬称を省く。というか前回もときどき省いていた）にも、佳枝の実家（田丸光輝・みすず夫妻）にも、その資金がなく、銀行で借りたとしても返済計画が立たなかった。

というか、そもそも敷地面積が狭く、どのように工夫しても二世帯住宅は建てられなかった。

いったい私たちはどうしたらよいのだろう。と、話し合った結論は、岡崎夫妻が佳枝の実家に越し、田丸夫妻が清風ハイムに越す、という一種の住居スワップであった。

人数の少ない方が狭い家に住み、多い方が広い家に住めばよいだろう、という訳である。

理窟で言えばそのとおりだが、それはどうだろうか、とも思う。

だってそうだろう、いくら間代は岡崎が負担するとはいえ、老夫婦に狭い家での不便な生活を強い、若夫婦が広い家で広々暮らすというのは、普通に考えればあまりにも無人情な話である。

また、百歩譲って自分の親に甘えるというのであればまだわからないでもないが、元は他人である妻の実家に甘えるのはどうなのだろうか。やはり、まだ若いのだから自分の力で人生を切り拓いていく努力をしたらどうなのだろうか。

しかし、それをしないところに後年、明らかになる岡崎の性格の悪さの萌芽が見られる。

そして田丸光輝・みすず夫妻は一重に娘可愛さ・孫可愛さゆえに岡崎夫妻の身勝手な提案を受け入れたのだった。

という経緯で岡崎はいまの家に住むようになったのだが、その家屋の雨戸の開け閉ては岡崎が毎日これをした。

なぜかというとほかにやる人間が居なかったからで、岡崎は当初、佳枝にこれをやるように言ったが、佳枝はこれを極度に面倒くさがり、言われてから数日の間は、渋々、雨戸を開けるものの、何日かすると岡崎が仕事に出かける時間になっても雨戸を閉め切ったまま熟睡していたり、起きて家事をするときも雨戸を開けないまま、蛍光灯をつけてそをなしているのであった。

その都度、岡崎は、「おい、なぜ雨戸を開けない」と叱責するのだけれども、佳枝はこたえた風もなく、「後で開けようと思うていた」などと軽い調子で言って、なかなか雨戸を開けようとせず、岡崎が仕事に行って戻ってきてもまだ雨戸は閉まったままで、「まだ、開けていないのか」と半ば呆れて言うと、「どうせもうすぐ閉めるんだからいいじゃない」などと開き直るのだった。

だったら長男の小五郎はどうかというとこれは箸にも棒にもかからぬニートで、二階の六畳間でゲームに没入したり、同様の境涯の仲間と連れだってカラオケに出掛け、夜更けにならぬと帰らぬなど朝寝がちで、早朝に雨戸を開けるなどということはけっしてしないのであった。

いきおい、雨戸の開閉は岡崎のお役と相成った。岡崎はそれを不満に思っていたが、その不満を表立って表明しなかった。というのは、そもそも雨戸を閉めるから雨戸を開けなければならないわけで、雨戸を閉めなければ開ける必要がないのだが、家のなかで雨戸を閉めたがったのは岡崎のみであった。

というか田丸夫妻にも雨戸を開け閉てする習慣がなく、いつからそんなことになったのか、佳枝にも雨戸を開け閉てしたという記憶はなかった。

なのでこの家に雨戸があることすら忘れてた。

その雨戸を発見したのは岡崎で、越してきて暫《しばら》くして雨戸があるのを見つけた岡崎は、「おっ、雨戸があるぞ」と喜びを隠さず、その日の夜から岡崎は雨戸を閉めるようになったのである。

岡崎はなぜ雨戸を閉めることに固執したのか。それはわからない。或いは、岡崎の育った環境に問題があるのかも知れない。或いは、心の闇、というやつなのかも知れない。それをどこまでも追究すれば、「あまど」といった題の短編小説が生まれるかも知れない。しかし、それはリフォームとは関係のない話なので追究はしないで、ここでは岡崎自身が雨戸の開け閉てをすることになった、ということだけを確認しておく。

そして既に申し上げたように、夏ちょっと前からその雨戸の調子が悪くなった。まず、戸袋からなかなか出てこなくなった。庭に面した縁側の雨戸は全部で四枚で、それらはひとつの戸袋に収納されていたのだが、一枚目からして、出入り口のところでなにかにひっかかったようになって出てこないのである。

そこで岡崎は斜めにしたり、いったん奥まで押し込んでからつまみ出そうとしたり、両手を使って水平を保ったりと、様々に工夫をしてなんとかこれを引っ張り出そうとするのだけれども、これが出てこない。そこでついに癇《かん》を立て、「なめとんのんか、こらあ」などと絶叫しながら、力任せにこれを引き出そうとするのだけれども、雨戸はビクとも出てこない。激怒した岡崎はなおも呪詛の言葉をまき散らしながら雨戸を引っ張るが、それでも雨戸は出てこない。岡崎はついに諦め、肩で息をしながら雨戸に向かって、「おまえはバカか。バカなのか。そんなに出てこないで。おまえのようなバカの相手をしている暇はオレにはない。死ねや」と言い捨てて座敷の方に去ってしまう。

しかし、雨戸が閉まっていないことが文学的に気になる岡崎は、暫くすると、とは言うもののやはり雨戸は閉めなくてはならぬ、と、思い直し、またぞろ同じことを繰り返し、同じように癇を立てて呪詛の言葉をまき散らし、ということをするうちに、どういった力の加減か、雨戸が戸袋から、ヒョイ、と出て、雨戸がスルスル閉まり、岡崎は寝てしまう。

だったらよかったじゃないか、てなものであるが、そうでもないのは、閉めた雨戸を開ける段になって問題が生じるからで、朝、岡崎は雨戸を開けようとするのだけれども、雨戸は中途のところで引きかかってビクとも動かない。

なんでも力任せにしてはならない。力で突破しようとすると、ある程度のところまでは進むがそれ以上は進まなくなり、最終的に破滅に至る。

というのは岡崎の持論であった。なので岡崎は普段から、開かぬ一斗缶の蓋を無理矢理にこじ開けようとする若者を諭すなどしていた。

その岡崎が力を用いて雨戸を開け閉てする。そのことについて岡崎は内心に忸怩《じくじ》たる思いを抱いていた。だから昨夜《ゆうべ》も癇を立てた。

そこで岡崎は微細な角度、微妙な力加減、にこだわって雨戸をなんとかしようとするのだけれども、しかし、中途にとどまった雨戸は微動だにしない。

で。結局は怒声を発し、力任せにグイグイ引っ張る、ということになる。

ところがそれでも雨戸は動かない。

さて、ここで岡崎がどんな人物であったかを思い出していただきたい。岡崎は自分が不当に社会に冷遇されていると根拠なく思い込んでいる人物である。

その岡崎が、自らの領分に属する雨戸が自らの意のままにならぬとき、どんな態度に出るだろうか。

そう。暴力である。

「おまえまでオレを馬鹿にするのかあ」

岡崎は怒鳴って雨戸を蹴破った。

恐ろしい脚力である。実は岡崎は若い頃、空手道場に通い空手を習っていた。

ある日、派遣された現場で解体屋の若い者と口論となり、つかみかかっていったところあべこべにぶちのめされたのがきっかけであった。まだ、肌寒い春の日で、午後からは小雨が降った。

そもそも素質があったのだろう、岡崎はメキメキ腕を上げ、道場で岡崎にかなう者はいなくなった。そして天狗になった。

本来、そうした武術・武道の修行には、精神修養の部分も含まれているため、上達すればするほど人格もまた備わり、それが一種の安全弁となって、習得した技術を使って他に危害を与えるということはなくなるのだが、なぜか、技術だけが突出してしまった岡崎は、自分は空手を知っているのだ。いざとなればおまえなど瞬時にぶち殺すことができるのだ、という思いから周囲を見下すようになり、また、実際に人を殴って肋《あばら》を折るという事件を起こして道場を破門になった。

それからはろくに稽古もしないから、以前ほどの腕はないが、やはり昔取った杵柄《きねづか》、古い雨戸など、一撃で木っ端みじんであった。

「ざまあみろ、ばかどもがあっ」

絶叫しながら岡崎は次々と雨戸を蹴り壊し、ついに四枚の雨戸すべてを粉々にして、まったく呼吸が乱れていないのはさすがであった。

そして岡崎は近年感じたことがない爽快感を味わっていた。

日々のプチストレスとして自分を長い間、苦しめてきた雨戸が、自分の力で粉砕されていく。こんなにすがすがしく気持ちのよいことが他にあろうか。

そう思ったとき、岡崎は奇妙なことを考えた。

半ばは壊れた雨戸を蹴破ってこれほど気持ちがよいのであれば、家にとってもっと重要な壁や柱を蹴り壊せばどんなにかすがすがしいだろうか。そして俺はそれができるだけの力を持っているのだ。

そんなことを思った岡崎は危うく柱も蹴り折ってしまうところだったが、ぎりぎりのところで思いとどまった。

銭のことを考えたからである。

雨戸であればまあなくとも我慢できなくはない。しかし、柱を蹴り折ってしまったら家が倒壊して住めなくなり、となればよそに家を借りるか、柱を修繕しなければならず、いずれにしても多額の銭がかかる。

そんなことは俺は嫌だ。

岡崎はそう考えて柱を蹴り折らなかったのである。

そんな岡崎を賢明と言えるだろうか。いや、言えない。

なぜなら賢明な人は、たとえそれが家の構造には関わらない雨戸だとしても、一時の怒りにまかせて破壊するなどという愚かなことはけっしてしないからである。

それが証拠に岡崎は翌日から抑鬱状態に陥った。

岡崎は雨戸を開け閉てしたくてたまらなかった。

しかし、雨戸は粉微塵になっていて開け閉てできない。

だれか他の人間がやったのであれば、「なんでこんなことさらしたんじゃ、どあほっ」と言って空手で半殺しにすることができる。しかし、それをやったのは他ならぬ自分で、自分で自分を半殺しにすることはできない。

そのことがさらに岡崎を追い詰めた。

こんなだったらいっそ柱も蹴り折って、妻も子も蹴り殺して、いっさいを粉微塵にした方がいっそうすがすがしかったのではないだろうか。

岡崎はそんなことすら夢想した。さほどに岡崎は詰まっていたのであった。

そのままいけば或いは、岡崎は本当に破滅してしまったかも知れない。

そんな岡崎を救ったのは一枚のチラシだった。

その日、岡崎は風邪を引き込んで仕事を休んでいた。

といって重篤な症状ではなく、平生はこれくらいであれば仕事に出掛けていたのだが、このところくさくさしていた岡崎は佳枝に電話をかけさせて仕事を休んだのであった。

そんなことで岡崎は午前十時頃までは寝床でうだうだしていた。

しかし、ただ横になっているだけではだんだん退屈になってくるし、腹もすいてくる。

週刊誌か新聞を読みたいものだ。そして、朝午兼帯の飯も食べたい。そうしたものをブランチとかいう気取った連中を蹴り殺したい。って、嘘、嘘。今日はオレ、そんな元気ねぇ。

そんなことを思いながら岡崎は寝床を出て、いまどきは、リビングダイニングルーム、なんていうのだろうが、岡崎方にあってはいかにも茶の間という風情の六畳間に入りごんで、週刊誌を読んだり、台所に立って湯を沸かし、カップ麺とクロケットを食するなどした。ふと目を遣ると縁側の向こう側で雨戸が壊れまくっていた。

岡崎はテレビジョンの電源を投入した。テレビジョンではオイスターソースを巧みに使った料理の紹介をしていて、そのいち過程、いち過程に、タレントが大仰に驚き、感心し、賛嘆していた。岡崎は無表情だった。

三分くらい、岡崎は無表情で人々が料理をする様を眺めていたが、広告宣伝が始まったのを機に無表情のまま立ち上がって茶の間から廊下に出た。

廊下に出た岡崎は玄関の方へ進み、疣付《いぼつき》健康サンダルを履いて玄関を出た。

玄関を出た左手に人造石の門柱が立っている。

門に続いてコンクリートブロックの塀が敷地を囲っていた。そのコンクリートブロックの一部を毀《こぼ》って郵便受けが取り付けてある。

岡崎はこの郵便受けの裏蓋を開け、中腰になって奥の方まで手を突っ込んで新聞を引っ張り出した。

広告チラシが本紙の倍も入っている新聞は嵩《かさ》があり、狭い投入口に無理矢理に突っ込んであった。それを無理に引っ張り出すものだから、もっとも重要な第一面が破れてしまうのだった。

「だーからー。新聞はここに入れず、玄関の脇横に入れろ、と言ってあるだろう」

と言って顔を顰《しか》めた。

そう。岡崎はそうして第一面が破れてしまうから、と新聞については門柱脇の郵便受けに入れるのではなく、玄関脇に作り付けてある郵便入れのベラベラに入れろ、と配達人に直接に言い、また販売所にも電話をかけて言っていた。

言って暫くは玄関脇のベラベラに入れる。

ところが一週間もするとまた忘れて、門柱脇の郵便受けに入れるのだ。

実際、玄関脇のベラベラに入れてくれれば、わざわざサンダルを履いて門のところまで行く必要はなく、雨の日や冬の寒い日など、どれほど楽かわからない。というか、豪雨の日など、新聞がずくずくの固まりになって読めなかったことだってあるのだ。さすがにそのときは販売店に苦情を言って新しいのを持ってこさせたが。

岡崎はそんなことを思ったが、さらに、そもそも田丸さんはなんで……、と思った。

玄関脇の郵便受けは、玄関扉の明かり取り壁のようになったところにベラベラの口がついていて三和土《たたき》にスポンとダイレクトに落ちる方式のもので、新築時からついていたものと思われた。ということは、それがあるのにもかかわらずわざわざ後から門柱脇に郵便受けを新設したわけで、そもそも田丸さんはなんでコンクリートブロックの塀を毀《こぼ》ってまで、わざわざ不便な外に郵便受けを取り付けんだろう、と岡崎は思ったのだった。

そのあたりの心理や経緯を類推して描いてみせれば、「義父の郵便受」という短編小説を物することもできるが、しかしそれはいまは関係がないのでやめておくことにして、先へ進むと、とにかく岡崎はそんな郵便受けから引っ張り出してきた新聞を持って茶の間に戻ると、これを畳の上に広げ、胡座《あぐら》をかいて前屈したような姿勢でこれを読み始めた。

というと少し違う。

脇から見ると読んでいるように見えるのだが、実は岡崎は記事を文章として読んでおらなかった。ではなにをしていたかというと、ただ模様として眺めていた。

そのときの岡崎の頭の中を文字に起こしてみると、なるほど。これは平仮名でございますな。ああ、多く平仮名がありますな。ああ、でも漢字もあってゴイス。そのうえ写真やなんかもありおりはべり。

といったようなことを目から脳の中に流し込んでいたのである。

そんなことなのであれば、新聞なンどは購読しなくてもよさそうなものであるが、どういう訳か岡崎は新聞をとることをやめなかった。

そのことは、田丸光輝氏が、わざわざ不便な郵便受けをこしらいたことと関係があるような感じがあったが、まあ、それはよいとして、とにかく岡崎はそうして新聞を眺め、次々頁をめくっていき、ついに最後のラジオテレビ欄にたどり着いて、新聞をたとんで脇に置き、こんだ、分厚いチラシの束に手を伸ばした。

いまどきはチラシのことを、フライヤー、なんどと小癪な名称で呼ぶらしいが、まことにもっていみじきことだ。

と、そんなことを岡崎は思わなかったが、チラシなどというものはその、モノやサービスを売って銭を儲けたい、という意図がはっきりしているので、自分にとって必要なモノやたまたま購入を検討しているモノについては精読するかも知れないが、大抵は一瞥して捨てられる。

ところが、そのチラシを岡崎は新聞本紙とは打って変わった熱心さで精読した。

勿論、スーパーマーケットの特売チラシなどは貧しい岡崎にとっては有益なtipsであったが、岡崎は、女の美顔痩身術、ブランド品買い取り、マンション分譲、といった自分とは縁の薄そうなチラシも熱心に読んだ。

ほっほーん。女の美顔とはこのようなカラクリを有しておるのか。げにおそろしきことかな。それにつけてもこの女のbefore顔は、ううむ。げにおそろしきことかな。

そんな慨嘆を抱きながら岡崎はチラシを読んでいったが、ある一枚のチラシを読んで、あややや、と声を上げ、他のチラシを読むときより一層、熱心にこれを読んだ。

チラシには、網戸、浴室、畳、カーペット、トイレ、障子という文字と数字と、不鮮明なモノクロ写真が掲載されていた。

チラシは即物的で、美人が笑っていたり、花があしらってあったり、ということはなかった。

そのチラシを食い入るように眺めて岡崎は、またぞおろ、あややや、と言った。

そして岡崎はチラシにある文字を探した。

雨戸、という文字であった。

果たしてその文字はあった。

チラシに、雨戸、という文字を見つけた岡崎は人生の不可思議に思いを馳せた。

岡崎は思った。

俺は雨戸のことでずっと気を腐らせてきた。なんとかせねばならない。と思ってきた。そんな俺がたまたま手に取った新聞に入っていた広告チラシに雨戸のことが載っているなんて。ちょっと素敵ぢゃないか。

岡崎はそんなことを思ったのだった。思っただけではなく岡崎は、岡崎真一は、その一枚のチラシに掲載されたフリーダイアルに電話をかけた。

そのことが、その一事が岡崎さんを救ったのだ。

その間、様々のことがあったが、結論から言うと、岡崎真一さん方の雨戸は新しくなった。しかもである。元々、岡崎さんの家の雨戸は、昔ながらの戸袋から引き出す式の雨戸であった。

それがいま風のシャッター式の雨戸に変わったのである。もはや、雨戸の開け閉てにはなんの苦労も苦痛もなかった。

なにしろ、片手でスルスルと降りてくるのだ。片手でスルスルと上げることができるのだ。資金の関係で電動式にはできなかったが、岡崎さん、岡崎真一さんの場合はそれでも十分に満足だ。岡崎さんは言う。

「毎日の雨戸の開け閉てが楽しみでなりません。意味もなく開けたり閉めたりしてしまうんですよ」

雨戸が新しくなって岡崎さんは性格まで変わったようだ。妻の佳枝さんは言う。

「最近では洗いものやなんかしてくれるんですよ。前の雨戸のときは考えられなかった」

そんな佳枝さんに、そんなことはないだろう、と口を尖《とが》らせる岡崎さんだが、自分でも性格が変わったように思います、と言う。

「以前の自分ってなんだったんだろうな、って思います。結局、同僚とも家族とも距離を置いて、自分の殻に閉じこもっていたんだなあ、って。それでますます孤立して、ますます寂しくなっちゃって、それで気に入らないことがあったら空手で人を脅したり、ものを壊したりして。いやあ、お恥ずかしい限りです。でも、あのとき雨戸を壊したからこそ、こうして雨戸がこんなによくなった訳で、結果、オーライかなー、とも思ってます」

「普通は自分で壊さないでしょ。職人さんが壊すんじゃないの」

佳枝さんにそう言われて岡崎さんは、照れたような笑いを浮かべた。

話を聞いて思ったことがあった。性格がよくなった岡崎さん。年老いた田丸御夫妻に家を返すつもりはないのだろうか。そこでストレートに訊いてみると、

「いやー。自分、性格変わりましたけど、人間、そこまでは変わりませんよー」と笑った。

そしてその後、岡崎さんは、ふっと真顔になって言った。

「でもね、結局、僕は自分をまともに遇しようとしない社会に不満を抱いて、社会に対して非常な怒りを覚えて暴れ狂う、みたいな毎日を送ってたんですけど、いまになってみると、それってなんだったんだろうなあ、って思うんですよね。だって雨戸がこんなによくなったことで、そんな気持ちが、なんて言うんだろう、なんかこう、スーッ、と消えちゃった、って訳じゃないけど、スムーズに雨戸が開いたり閉まったりするたんびに感じる小さな愉悦によって覆い隠される、っていうのかな。簡単に言うと、癒やし？　なんかそんなん感じるんですわ。怒りは実はいまでもあるんです。でも、雨戸を開けると、今日も一日、頑張ろう、と思えるんです。夜、雨戸を閉める度に、今日もいい一日だった、食パンがうまかった、みたいな感謝の気持ちが湧いてくるんです。だからね、僕には野望があるんです」

遠くを見つめるような目で、しかし、きっぱりと言う岡崎さんに、「はは、野望ですか」

と笑って問うと、岡崎さんも小さく笑い、それから真顔で言った。

「雨戸は確かによくなりました。完璧と言ってよいでしょう。しかし、僕はこれで終わらせたくないんです。いざ、こうして雨戸がよくなってみると、いかに僕たちがいろんなことを我慢してきたかが明らかになってきたんです。前は、そんなもんだ、と思って諦めていました。っていうか、意識すらしてなかったんです。でも、ちょっと手を入れるだけでこんなによくなるんですよ。そして確実に日々の生活が変わる。だったら僕は、そうして僕らが我慢してきたことを解決していこうかな、と思ったんです。思ってしまったんです。勿論、お金はかかります。だから、すべての問題を一挙に解決することはできません。少しずつです。でもひとつひとつ問題を解決していけば、いつかはすべての問題がなくなって、まるでパラダイスのような家が完成するんじゃないかな、って思うんですよ。そうすれば僕も……」

と、岡崎さんはさらに遠くを見るような目で言った。岡崎さんも？　と問うと岡崎さんは続けていった。

「もう少し、マシな人間になれるんじゃないかな、って思うんですよね。雨戸でこれだけ変わったんだから、それ以外の不具合を直していけばもっともっと変われるんじゃないかなー、って。でも、ホント思うんだけど、これって凄いことですよね。だって僕、もう五十ですよ。五十にもなったら人間、もう変わらないと思うじゃないですかあ？　それが変わるんですよね。変われるんですよね。だからホント、諦めちゃいけないんですよ。このことは息子にも教えていきたいなあ、と思います。もう、何年も会話してないんですよ。まあでもそれはいいとして、僕は次は、郵便受け、これをなんとかしていこう、と思います。あの面倒くさい郵便受けがなんとかなったら、どんなに素晴らしいだろうと思うと、なんだかワクワクしてきます。あれがなんとかなったら、その次は増築工事をしてお義父さんたちを呼び寄せるかな」

と言う岡崎さんに佳枝さんが横から、「そんな、お金がある訳ないでしょ」と言うと、岡崎さんが、「敷地面積もないしな」と返し、一同、大笑いとなった。

とにかく岡崎家が笑いの絶えない家となったことは確かなようだった。

と、長々と岡崎真一の家の事情について語ってきたが、つまりこれがリフォームとはなにか、ということである。

岡崎家では雨戸に不具合が発生していた。そこで業者に連絡を取り、この不具合を解消した。

これがリフォームのすべてである。これをさらにつきつめて言うと、リフォームとは家の不具合の解消である。ということができる。

したがってまず、家、がなければリフォームは成立しない。

というのは明らかだろう。家、がない場合、業者はどこをどう直してよいかわからない。

虚空に釘を打ったり、虚空に浴槽を設置したり、ということはできなくもないが、それは建築ではなく演劇である。

岡崎氏の例で言えば、田丸光輝氏が所有する家、というのが、その家に該当する。そして次に、その家に、不具合、が発生していないと、リフォームは成立しない。というのも当然の話だろう。なんの非の打ち所もなく、直す必要のないところをわざわざ壊して作り替える人は居ない。

うわあ、このキッチン、むちゃくちゃ使いやすいやんかー。潰そ。という人がいたとしたらその人は狂人である。勿論、現実には狂人が改修工事を発注するケースもあるだろうが、本稿ではそうしたケースは一応、除外することとし、どうしてもその必要が生じた際にのみ、これを検討することとする。

岡崎家の例で申さば、雨戸の開閉困難、がこの不具合に該当する。

またリフォームの場合、実用上の不便はないが、よりよい感じ、を得るためにこれを行う場合がある。つまり精神的な、よろこび、や、やすらぎ、を求めてなすリフォームで、例えば、読書の習慣のない者が、書斎、を設けるリフォームなどがこれに該当する。

これは、不具合、とは考えられないが、こうした工事も一般的にはリフォームと呼ばれている。このことを考えれば、リフォームとは家の不具合の解消である、とは言えないのではないか、という議論に当然なる。

しかし、私はこれもリフォームと言ってよいと考える。

なぜなら、家、の機能に、「住人に、よろこび、や、やすらぎ、を与える」というものがあるからで、書斎、がないがゆえに、住人がその家から、よろこび、を得られないのであれば、書斎がないことは住まう者にとって紛れもない、不具合、と言えるのである。

しかしこの、住まう者にとって、というのには注意が必要で、さきほど私は、狂人は除外する、と言ったが、住まう者が狂人であれば、拷問室がなければ、よろこび、が得られない、などと突飛なことを言い出す可能性もあり、その線引きは困難である。

ただし、現実的に考えるならば、合法性、経済的合理性、建築的合理性、などの諸条件があり、そうしたケースは少ないと考えられる。

一般的な理論に堕することなく、飽くまでも現実的に語ることを旨とした本稿でそうしたケースを取り上げることはまずないであろう。

ただし、人間である以上、知らず知らずのうちに狂気に蝕《むしば》まれてしまう可能性はゼロではない。私たちは私たちが感じる、不具合、が合理的なものであるかどうか、を常に慎重に確認・検査しなければならない。

世の中に原子力発電所が存在することが不具合だ、と主張する人がある一方で、存在しないことが不具合だ、と主張する人がある。

私たちが精神的な、よろこび、や、やすらぎを求めるとき、その精神そのものを常に疑う必要がある。

さらに、その、不具合、が解消されなければリフォームとは言えない。

岡崎一家のケースでは雨戸の開閉困難がこれにあたる。

開きにくかった雨戸が撤去され新設され、スルスル、と開くようになる。これがリフォームである。これが反対に、以前より開きにくくなった。ではいけない。以前よりよくならなければならない。

但《ただ》し。注意しなければならないのは、確かに不具合は解消されたが、その不具合が解消される過程で、或いは、不具合が解消された結果、別の不具合が見つかる。新たな不具合が生じる。といった現象がかなり頻繁に起こる。

そこで、リフォームをしたけれども不具合は解消されなかった、と言う人が出てくる。だがそれはリフォームによって不具合が解消されたことにより生じた不具合である。

で、またリフォームをする。また、不具合が生じる。また、リフォームをする、ということを繰り返す。

私はこれを、「永久リフォーム論」と呼んでいるが、それについては改めて申し上げるとし、ここでは、「リフォームとはなにか」「それは家の不具合の解消である」と結論して、次に、リフォーム工事の進行、について、実情、すなわち私方のキッチンリフォームの進行に即して、ドキュメンタリイの技法なども用いて考察していこう。

といって私はドキュメンタリイを考えてみればやったことがない。岡山とかでちょっとインタビューをしたことがあるくらいである。不安だが言ってしまったものは仕方ない。私方のキッチンリフォームの実情に即して、実際のリフォームがどのように進行するかについて見ていこう。

二〇〇八年の八月、私は暫く前から私が住まう家に不具合を感じるようになり、その不具合を解消しようと思った。リフォームをしようと思ったわけである。

私はどんな部分に不具合を感じていたのか。

それを説明する前にまず、当時の私方の間取りがどんな風であったかについて説明をしないといかぬだろう。しよう。当時、私方には玄関があった。というのは当たり前の話で玄関がないと中に入れない。だから私の家にも玄関があり、その玄関はほぼ北を向いていた。

その玄関を上がると、南に向かってまっすぐに廊下が通っていて廊下の左右に部屋があった。

どんな部屋があったか。

左側。すなわち東側には、八畳の洋室、十畳と八畳の和室、浴室があった。

右側、すなわち、西側には、トイレ、十二畳のダイニングキッチン、四畳半の茶室があった。

廊下の突き当たりを九十度左に折れ、直ちに右に折れたところのドアーを開けると三畳大の洗面脱衣室で、その左が浴室であった。

まあ、尋常と言えば尋常の間取りであったが、極度におかしげなところもあった。

というのは、南側の、茶室の躙《にじ》り口から七十センチほど離して、別棟、というほどでもない、二畳の物置小屋のようなものが建っており、さらに、二十×七十センチの板四枚を打ち付けて作った管が、茶室の躙り口と物置小屋の横腹を貫通しているのである。

いったい誰が、こんな訳のわからぬことをしたのか。

それは実は私である。では私はなぜそんな訳のわからぬことをしたのか。気が狂っているのか。違う。狂っていない。しかし、それを信じて貰うためには少々の説明が必要で、私は猫のためにそんなことをしたのである。

どういうことかというと、それはそもそもこの家に入った理由でもあるのだが、よんどころない事情で多くの猫を飼っていた私は、猫を飼うための家を探していた。しかし、ただ飼えればよいという訳ではなく、ウィルスに感染している猫と感染していない猫を分けて飼う必要があり、そのための部屋をふたつ確保する必要があった。

そこでいまの家を見つけたわけであるが、決め手は玄関脇に十畳程度の作業部屋があったという点、ここを猫の部屋にできる、と考えたのである。二〇〇八年をさらに遡った、二〇〇六年十一月頃の話である。

ただし、その作業部屋には不具合があった。増築されたらしい混凝土《コンクリート》土間のその作業部屋はいかにも寒く、猫が気の毒であったのである。そこで私は、この不具合を解消、すなわちリフォームをしようとしたのである。

ただし、手元資金が少なかったため、業者に発注することができず、私は自らこれを行おうと考えた。

私はホームセンターに足繁く通い、また、インターネットのショップサイトなどから、床材、壁材、断熱材、釘、などを購入し、作業部屋の改修工事に取りかかった。

そして二日ほど作業を続け、工事を断念した。

いざ、工事に取りかかってみると、不具合が素人《しろうと》工事によってなんとかなる程度の不具合ではない、ということがわかったからである。

そのなかでもっとも具合が悪かったのは、この作業部屋そのものが、主たる建物の屋根の下とは言い条、そこにある柱に、ごくいい加減に薄い板を打ち付け、そこいらで拾ってきたような玄関扉をくっつけただけの、素人工事であった、という点だった。

元々が玄人《くろうと》の作ったもののうえに生じた、多少の不具合、であれば素人でも根気さえあれば解消できる。

しかし素人が作ったもののうえに生じた、致命的な不具合、は、玄人でもこれを解消することができない。

これまでの人生経験からそのことを実践的に知っており、深入りしないうちに工事を中断することができたのはよかったことである、と思おうと思った。しかし、購入した資機材がすべて無駄になる、という思いが邪魔をして、なかなかそう思えなかった。そこをなんとか努力して無理に思った。人間というのは難しい生き物である。

玄関先に野積みになった資機材は、一部については、また、使うことがあるかも知れない、という判断から納戸などに収蔵されたが、大半は自ら山中のゴミ焼却施設に搬入した。

また、役に立たない作業部屋は、存在そのものが不具合、という話になって、十二月になってから、リフォーム業者に発注して、不具合を解消、すなわち、解体撤去して貰った。

いざ解体撤去してみると、そのスペースはどう見ても、家の脇の駐車スペースで、私は駐車スペースを居住スペースに作り替えようとしていたのであった。おそろしいことである。

さて、ここで少し話が逸れるが、この時点で疑問を感じられる方がおられるかも知れない。というのは、そこまでしないとその作業部屋がリフォーム可能かどうかの判断がつかなかったのか、という疑問で、なかには、もしかしたらこいつバカなんじゃないか、と思っておられる方があるかも知れない。

申し上げる。バカではない。

その根拠は、こうしたことはリフォームにおいてはごくあたりまえに行われていることで、後にリフォームの費用について、の部分で委《くわ》しく申し上げるが、基本的にリフォームをする場合、めくってみなければわからない、壊してみなければわからない、ということが多々ある。

例えば、浴室を改造しようとして既存の浴室を撤去してみると、柱や土台が傷んでいて交換しなければどうにもならない、ということなどはよくあることで、いまこの瞬間も、地球上のどこかで、「うわあ、なんだこりゃあ」とリフォーム業者が叫んでいるに違いないのである。

玄人ですらかくのごとし、況《いわ》んや素人においてをや。

永久リフォーム論にはこうした論拠もある。そしてまたリフォームの費用は必ず、予算額を上回るのである。

という私がまさにその通りで、当初は資材・機材分で済まそうと思っていたリフォーム費用がそれでは済まず、作業部屋の存在そのものが不具合ということが発覚して、その解体・撤去費用が上乗せされてしまったのである。

しかも当初の不具合、すなわち、猫の部屋がひと部屋足りない、という不具合は解消されておらず、それはそれでなんとかしなくてはならなかった。

そこで検討の結果、四畳半の茶室を猫の部屋とすることにした。

水屋も炉もある本格の茶室であったが、これを猫の部屋とするのは惜しくなかった。なぜなら、私は茶というものがまったく理解できなかったし、しようとも思わなかったからである。

ならばさっさと猫の部屋にすればよいようなものであるが、問題がひとつあったというのは、四畳半というのがいかにも狭いという点であった。

その頃、私方には十頭の猫がいたが、その部屋には六頭の猫が入る予定だった。

居住にあたって猫は、広さはさほど必要でなく、高さがあればよい、という話を聞いたことがあるが、それにしても六頭で四畳半は狭すぎる、と思った。

子供の頃、若く貧しい私の両親は私を抱えて四畳半に暮らしたらしく、身体の大きさを考えれば、それよりは広い、という学説を唱えることもできるが、しかし当時といまは時代が違う。あの頃、ああだったのだからいまもそうすべき、というのは妄説である。

また、先に述べたとおり、茶室は南側にあり、本来であれば日当たりがよいはずなのだが、南側が躙り口になっていて、あまり陽が入らない。

六頭のなかには高齢者も多かったので、これもなんとかしてやりたい課題であった。すなわちここに、狭い。日当たりが悪い。という不具合が生じたのである。

そこで私はその、不具合を解消、すなわち、リフォーム、することにして、ある計画を練り上げた。

それが右に述べた物置小屋で、茶室の壁から七十センチ離して二畳の物置小屋を建築し、これを二十×七十センチの板四枚を打ち付けて拵えた管にて連結、自由な往来を企図する、という計画であった。

計画は十二月中に立案され、二〇〇七年の二月に小屋は竣工した。二ヶ月に及ぶ難工事であった。困難の主な理由は業者の怠慢であった。

三月には別の業者によって管が通され、私が各種防寒工事を行って、右に述べた異様の小屋が完成したのである。

これによって一頭あたり一畳を超える居住スペースを確保したうえ、管を伝って小屋に至り、窓際に設けた台に上れば、日光浴を楽しむことができるようになり、不具合は完全に解消された。

というのが、二〇〇八年八月の時点での私方の間取りであったが、私は、二〇〇七年八月頃には早くも不具合を感じるようになっており、このことからも永久リフォーム論が証明されるようにおもう。

そしてさて私はどんな不具合を感じていたのだろうか。

細かい不具合はいろいろあったが、最大の不具合は家族構成の変化であった。

それまで私方にはふたつの居住区に分けられた猫と人間しかおらなかったのだが、ある事情により、二〇〇七年八月に一頭、二〇〇八年四月にもう一頭、計二頭の大型犬が住まうようになった。

といって私方には方々に猫がおり、猫というのは神経質なので家のなかを自由に往来させるわけにもいかず、私が仕事部屋として使っていた一階東側の洋室を二頭の犬の居室とした。

人との接触をさして必要としない猫なれば或いはそれでもよかった。ところが犬というのはその性質上、どうも人との接触を要する。ましてや二頭の犬は、二〇〇八年四月の段階で、まだ一歳の、いわば幼犬で、朝から仕事をしていた私が仕事部屋から出て行く際の寂しがりようは一通りや二通りではなく、昼間も時折は見に行くのだけれども、仕事部屋は仕事がやりやすいように拵えてあり、日中寛ぐようには拵えていないので長い時間はいられない。また、夜、そこで眠ることもできない。

そんなことで犬が極度に寂しがり、このままでは、精神的におかしな犬になってしまうのではないか、と危惧《きぐ》されたのである。

そこで、主にこの不具合を解消することが企図された。すなわち、リフォームが企図されたという訳である。

しかし、不具合はそればかりではなく、その他にも多くの不具合があった。どんな不具合かというと、二〇〇七年二月に竣工した連絡通路の崩壊であった。

もちろん完全に崩壊したわけではなく、正確に言うと、崩壊の兆し、であったが、このまま放置すれば遠からず、崩壊するのは誰の目にも明らかであった。

となるとどうなるか。

茶室、物置小屋の横腹・土手腹に、四角な穴が開くということで、猫がそこから出て行ってしまう、ということである。

出て行っても帰ってくればよいが、物置小屋のさらに先は崖であり、崖の先は沢、沢の向こうは奥深い山という地形である。その奥深い山中に迷い込んでしまったならば、都会育ちの拙宅の猫は戻ってこられなくなるに違いない。

というか以前に一頭の猫が脱柵、十日あまりの間、どえらい苦労をして連れ戻す、という事件が実際にあった。

また、山中にはさまざまの野生動物がおり、物置小屋のすぐ近くで猿や狸を見かけることも屡々である。ときには猪などもおり、そうしたものに遭遇して怪我をしたり、或いは、ウィルスなどに感染する可能性もあり、完全に崩壊する前に対策をする必要があったのである。

そんなことになった原因はなにか。

一言で言うと雨水の浸入であった。というのは当然の話かも知れず、四枚の細長い板を打ち付けて油性ペンキで塗装しただけの管にはなんらの雨水に対する対策、これを雨仕舞《あまじまい》という、がなされておらず、雨は接合部から内部にがんがん浸入していたのである。

ということは連絡通路そのものもそうだが、物置小屋、茶室との接合部からも雨水が浸入しているということで、実際に、接合部周辺の壁や床には雨水による傷みが生じており、これを放置すると、壁や床の崩落、脱落、という最悪の事態に進行する恐れがあった。

また、それ以外にも不具合があった。

というのは、使い勝手の問題で、猫たちの食事や水は茶室に、トイレは物置小屋にそれぞれ置いていた。

したがって猫たちのお世話をする際は、まずキッチンで食事と水を用意し、これを両手に持ってキッチンのドアーを開けていったん廊下に出て、それから今度は茶室の引き戸を開けて所定の位置に置き、また、キッチンに戻って、勝手口から靴を履いて西側の側庭に出て、側庭から南側の裏庭にいたり、物置小屋のドアーを開けて靴を脱いで物置小屋に入ってトイレを清掃する、という手順となり、いうまでもなく極度に煩雑で、面倒くさく、これらの不具合を改善する必要があった。

さらに不具合があった。

台所の不具合である。

どんな不具合か。

それを述べる前に、二〇〇八年七月時点の私方の一階の配置をもう一度申し上げると、私方は南北に細長い造りで、まず、南北に長い廊下が通っている。

北側に玄関がある。

東側には、私の仕事部屋、八畳の和室、十畳の和室、浴室がある。

廊下の突き当たりを左に折れたすぐ右手には洗面脱衣室がある。浴室にはこれより入る。西側には階段、トイレ、ダイニングキッチン、茶室がある。

茶室の南側の躙り口より件《くだん》の管が突き出て物置小屋に連絡している。

以上が、私方のおおよその配置であるが、という訳で、キッチンは西側になるわけだが、南側が茶室の壁なうえに、幅一・五米ほどの側庭の鼻先に隣家の石組みの擁壁がたっかく聳《そび》え立っていて、日照が不足がちである。

すなわち日中も暗い、ということである。

さらには南北に長く、東西に短く、置き家具などを配置すると、まるで電車のなかで暮らしているようで落ち着かなかった。

なんでそんなバカなことになったのか。

もしかしたらバカなのか。

違う。自分はバカではなく、それにはそれ相応の理由がある。

その理由を申し上げよう。

実は、ひた隠しに隠していたが、考えてみれば別に隠す理由もないので申し上げると、二〇〇六年十一月頃、すなわち、私が、素人が駐車場を改造して拵えた作業部屋をなんとか猫が住める部屋にしようとして途轍もない苦しみと悲しみのなかにいたとき、私方では別のリフォーム工事が進行していた。

私の方の工事とは違い、こちらの方は玄人による立派なリフォーム工事で、二〇〇六年の八月にこの家を取得した私は、壁紙の張り替え、壁の塗り替え、設備の交換という内容のリフォームを、周旋屋に紹介された工事業者に依頼したのである。

多くは経年による不具合を解消する工事であったが、この台所に関する工事だけは違って、間取りの不具合を解消する工事だった。

どんな不具合だったかというと、当時はダイニングとキッチンがいまのようにひとつながりなっておらず、それぞれが独立した部屋であった、すなわち、玄関側に六畳大の洋室があり、壁を隔ててやはり六畳大の台所があったのであるが、そのように独立した台所で料理を拵え、盆または膳に載せて座敷に運ぶというのは、たまにであればよいかも知らぬが毎日となると面倒でならぬ、しかし、六畳の台所に椅子とテーブルを置けば狭々しくて、小人に変身したいような気分になってくるという不具合であった。

そこで私はこれを北側の六畳間と合併させ、十二畳のダイニングキッチンにしたらその不具合が解消するのではないか、と考え、これを実行したのである。

ところがいまも言うように広さこそ十二畳分あるものの、妙に南北に細長い部屋になってしまい、暗いうえに落ち着かぬ感じになってしまったのである。

というと、なんだ結局、バカなんじゃないか。という人があるかも知れないが、そんなことはない。なぜなら、当初の、テーブルと椅子を置くことも叶わず、料理や飲み物を廊下を隔てた和室まで運搬しなければならない、という不具合だけは少なくとも解消していたからである。

バカだったらこうはいかない。

もし私がバカだったら、もっと別の、例えば、回転寿司式ベルトコンベアシステムを導入するといった、愚かなリフォームをなし、莫大なカネをつぎ込んだにもかかわらず不具合はほとんど解消せず、永久リフォームの蟻地獄にはまりごんでいくだろう。

また、落ち着かぬだけではなく、実際的な不具合もあった。

それは冬の寒さである。

南側に窓がなく、ほとんど陽が入らないため、冬の朝など、室内の温度が三度しかない日も珍しくなかったのである。

それも細長くなければ耐えられたかも知れない。

或いは細長くとも、あんなに暗く、そして寒くなければ我慢できたかも知れない。

しかし、それがダブルで襲いかかってきた。甚だしい不具合と言って差し支えないだろう。

そこで今般のリフォームにおいてはそうした不具合も解消しようと考えたのである。

というところまで説明したところで、二〇〇八年七月の時点での拙宅の不具合を整理しておこう。


人と寝食を共にしたい居場所がない二頭の大型犬の痛苦。

人を怖がる猫六頭の住む茶室・物置小屋、連絡通路の傷みによる逃亡と倒壊の懸念。

細長いダイニングキッチンで食事をする苦しみと悲しみ。

ダイニングキッチンの寒さ及び暗さによる絶望と虚無。

である。これらの不具合を解消するためのリフォームを企図したと、まあこういう訳である。

さて、飽くまでも実際的に話を進めたいのであるが、リフォーム以前に、家屋にこうした不具合を抱えた場合、人はどう対応するだろうか。

大きく分けて二つの対応がある。

ひとつは、我慢する、という対応、もうひとつはリフォームをする、という対応である。

そして、我慢する、という人は意外に多い。というか、たいていの人はなにかしらの家屋の不具合を我慢して生活しており、それを解消しようとする人はむしろ少数派である。

その、リフォームをする、という少数派はさらにふたつに分かれる。

リフォームをする、すなわち、不具合を解消するにあたって自らその手段・方法について考える人と専門家に任せる、という人である。

しかし両者は画然と分かれるわけではない。

まだら、大阪の言葉で言うとまンだら、の部分・部位がけっこうある。それは不具合を解消するためにはこうした材料・設備を用いて、こうした工法で、こうした工事を行えばよい、というところまで自ら考え、その工事のみを業者に発注するという人から、だいたいの希望を伝え、その目的を達成するための手段については業者に一任するという人まで幅があり、その中間領域に多くの人がおごめいているということである。

さてそして、私はそれらの領域のうちのどの領域に属していただろうか。

勿論、私はリフォームをする人の領域に属していた。

そして、自分で考えるか専門家に任せるか、のまンだらのうちにあって、どちらかというと、自分で考える、側に属していた。

その思想傾向は、私が素人の駐車場を自ら施工してリフォームしようとしたことでも明らかであった。

私はいま、思想傾向、と言った。

となれば当然、そこに経済学的な視点が含まれなければならない。

しかしそれについては、リフォームと予算、の項目で詳しく述べることにしよう。

とまれ、私は不具合を解消するための大凡《おおよそ》の目標を自ら設定した。

さて私はどのような方途・方策を定めたであろうか。

順にそれを示すが、それは互いに連関・連結している問題でもあり、ひとつの問題の解消が、同時に他の問題の解決であったり、或いは、さらに新しき問題を発生させたりするので、必ずしも順には片付かない。しかしまあ、すべてを同時には示せないので、まあとりあえず順に示すことにする。

一に、人と寝食を共にしたい二頭の大型犬の痛苦、であるが、これについては、いま現在、私の仕事場にいる犬を、人が居る時間が長いリビングルームに移すことで解決を図った。ただし、犬を移すのであれば移すなりのことをしなければならない。ただしそれはリビングルームの問題でもあるので、その際に併せて申し上げよう。

二に、人を怖がる猫六頭の住む茶室・物置小屋、連絡通路の傷みによる逃亡と倒壊の懸念、であるが、これについては、犬が居た仕事場に猫六頭を移すことにした。当時、私が書き物をするのは午前中だけで、これは人が居ないと寂しがる犬にとっては不都合だが、猫にとっては好都合だった。

ただし、猫を移すのであれば移すなりのことをしなければならない。

というのは、右に言った、ひとつの不具合を解消するために別の不具合が生じるという例であるが、猫を移すことによって、通気の問題、というのが生じた。

仕事部屋には東に面して一間半の掃き出し窓があり、廊下に面して、また、和室の東に位置する広縁に通ずるドアーがあった。

これらをすべて開放すれば通気に関してはなんの問題もない。しかし、猫を匿っておく以上、これを開放するわけにはいかず、夏の暑さが甚だしいものになることが予測された。

それでは猫が気の毒で、ドアーや窓を開放せずに風を通す工夫が必要であった。

幸いにして掃き出し窓には網戸があったので、窓の通風はこれを利用することにした。ただし、そのままでは利用できなかった。なんとなれば既存の網戸の網は一般的なもので、しかも古く、猫が爪を立てて駆け上がるなどすれば簡単に破れてしまいそうだったからである。

そこで私はこの網戸の網を金属製のものに替えた。

さあ、次はふたつのドアーの通風であるが、私はこのドアーを取り外し、これに縦六十五糎《センチメートル》、横十九糎の開口部を設け、この開口部に、ガラリ、と称する、木製のルーバーを取り付けようと考えた。これによってドアーを開けずに通気を確保しようと企図してのことである。

また、仕事場の壁面には爪研ぎによる壁の破損・汚損を防止するために腰壁をつけた。ただし、用いたのはラフな木材で塗装もこれを省いた。

以上の工事はすべての工事に先立って行われた。

なぜなら、これらの工事が終わらぬと茶室の猫を仕事部屋に移送することができないからである。

そして三、細長いダイニングキッチンで食事をする苦しみと悲しみ。さらに四、ダイニングキッチンの寒さ及び暗さによる絶望と虚無。いずれもリビングダイニングの問題であるが、これについては大胆な方策を定めた。

まず、ログハウスを破壊する。それから茶室とリビングを隔てていた壁を破壊する。茶室の天井や押し入れ、水屋やなんかも破壊する。もちろん連絡通路も破壊する。

というと私がなにかやけくそになっているように思うかも知れないが、そんなことはない。すべてのリフォームは破壊から始まる。破壊なくして創造はあり得ないかどうかは知らないが、少なくとも破壊なくして不具合の修正はあり得ない。

これは政治やなんかにも通じる話なのかも知れない。

よって、○○をぶっ壊す！　なーんて叫ぶ政治家は概ね間違っていない。ただ、問題があるとすれば、そう叫んで喝采を浴びて登場し、実際にぶっ壊してさらなる喝采を浴びて、それで満足してどこかへ行ってしまい、不具合の修正をしないという点だ。これではなににもならない。万姓《ばんせい》は、ぶっ壊す前よりももっと苦しむことになる。

ってことはしかしリフォームの場合、とくに素人のリフォームにおいてよくあることだ。勢いごんで破壊はしたものの、不具合を修正できず、以前よりもひどい状態を堪え忍ぶことになる。

って訳で破壊にはリスクが伴う。ゴミが大量に出るため環境保護活動家に小煩い文句を言われる可能性もある。そこで破壊なしに不具合を修正しようという試みがこれまで何度もなされてきた。

粘着フック、吸盤フック、突っ張り棚、突っ張りポール、なんてのがそうだ。当然の話であるが、フック、棚、ポールといったものを壁面に取り付けようとするならば、壁面の一部を僅かだが、破壊しなければならない。それを嫌ってこうしたことでごまかそうとしているのだ。

結果がどうなるかは皆さんがご存じのとおりである。

突っ張りポールはいつの間にか見苦しく斜めに傾《かし》いでいるし、突っ張り棚は完全に外れて荷物が崩落しているしで、見るにつけ嫌な気持ちになる。悲しくって、寂しくって。でも誰にも相談できなくて。もうこんな日は飲んじゃおうかな。明日、休みだし。って、コンビニエンスストアーに行って黒霧島とおでんを買ってきて、さあ、飲もうかなあ、と思った瞬間、流し台の方から、ドンガラガッシャドンドン、とんでもない音が響いて、何事ならん、と駆けつけてみると、吸盤フックに掛けておいたフライパンが吸盤フックごと落下していて、その下で、恋人に貰った大事なグラスが砕けていた。

なーんてことになる。つまり、なにが言いたいかというと、そういう意味においても、不具合の修正において破壊は必ずこれをなさねばならぬ、ということが言いたいのである。

という訳で、私は茶室を破壊し、ログハウスを破壊することにした。さらには南側の外壁を破壊し、リビングダイニングキッチンの天井、床、壁面を破壊、さらには廊下、洗面所の一部も破壊する。

と言うと、なにもそこまで破壊しなくとも、と思うかも知れないが、はっきり言ってこれくらい破壊しないと不具合は修正できない。破壊を恐れていてはリフォームはできない。そういう人はスーパーマーケットに行って、総菜とトイレットペーパーのついでに突っ張りポールを買って満足しておればよい。瓶詰のサザンアイランドドレッシングを買って、サザングローブフィッシュに振りかけていればよい。

さあ、まあ、それはよいとして、その後の方策について申し上げよう。

まず、これまでリビングと茶室を隔てていた壁を破壊して、茶室とリビングダイニングをひとつながりの部屋となした。結果、リビングダイニングは十二畳プラス四・五畳で十六・五畳と広くなった。

しかし、このことでリビングダイニングはさらに南北に細長くなり、これによって細長いダイニングキッチンで食事をする苦しみと悲しみが除去されたわけではなく、私はさらなる方策を立てなければならなかった。それについては後で申し上げる。

さて、次に私は南の外壁に一間半の巨大な掃き出し窓を設けることにした。南側に大きな窓を取り付けることによって太陽光を室内に導き入れようというのである。

しかも普通の窓ではなく、全開口サッシ、といって、窓が、スライディング、すなわち外壁の一部に恰《あたか》も雨戸のごとくに収納される機能がついている窓を取り付ける。そのことによって、考えられないくらいの、考えたらノイローゼになって死ぬかも知れないくらいの開放感が得られる窓である。

ダイニングキッチンの寒さ及び暗さによる絶望と虚無は、ほぼ解消されるはずであった。

しかし、念には念を入れよ。という。そこで私は、トップライト、というものを設けようと考えた。といってコロムビア・トップ・ライトの名前を思い浮かべる人はもはや少ないと思うが、念のために申し上げると、天窓、のことで、屋根の一部を四角く切り取り、そこにガラスを嵌《は》め込んで光を取り入れたら素晴らしいんじゃないか、という発想より生まれた住宅設備である。

天窓は通常の窓の三倍の光を得ることができる、と主張する学者もある。これにより、寒さ及び暗さによる絶望と虚無は根絶されたに等しい、と私は考えたが、石橋を叩いて渡る、とも言う。そこで私は、ダイニングキッチンの全体性のなかに、そして、浴室の洗面脱衣室の全体性のなかに、ガス温水式床暖房システムを張り巡らすことにした。

このことによって日本家屋特有の足下の寒さというものを根底から除去しようと考えたのである。

これらの方策によって、四、すなわち、ダイニングキッチンの寒さ及び暗さによる絶望と虚無は完全完璧に解消された。しかし、自分としてはもっと念を入れたかったので、その必要はない、という工務店の方の制止を振り切って、外壁と内壁の間の断熱材をすべて更新した。

さあ、しかしまだ問題が残っていた。それはそう、細長いリビングダイニングキッチンで食事をする苦しみと悲しみ、である。

これを解消するための方策はひとつしかない。すなわち、リビングダイニングキッチンの東西方向への拡張である。

そう。リビングダイニングキッチンは南北に細長い。そしてそれは、明るさを暖かさを求めて南側の茶室を併呑したがために、より南北に細長くなってしまい、細長の苦しみと悲しみが増大、ご飯を食べる度に、「ああ、なんて細長いんだ。おちおち飯も食えやしねえ」と悲嘆に暮れる、ということになってしまった。

これをなんとかするためにさらにリフォームする。一見すると、典型的な永久リフォーム論のように聞こえるが、そうではなく、私はその事態を予《あらかじ》め想定し、方途・方策を定めたのでこれは永久リフォーム論ではない。その差異についてはまた機会があれば申し上げよう。

さてそして、リビングダイニングの東西方向への拡張に当たって私はどのような方策を定めたかについて申し上げたいのだが、ところで例えば、キッチンでラ王を食べる。というと、「いや、ラ王よりもおすすめの商品がありまふよ」と忠言をしてくれる人があるというのはありがたいことである。そして実際に教えて貰った商品の方が美味であったりするというのはさらにありがたい。

しかし、うまいものはそれ自体で絶対的にうまいわけではない。どんなうまいものでも、不細工で性格が腐っていて知能がミジンコ、という奴と差し向かいで食べればまずいだろうし、愛する人と一緒であれば、多少粗末なものでもおいしく感ぜられる。

歌の文句にある、「嫌なお方の親切よりも好いたお方の無理がよい」というやつである。というのは、どんなところで食べるのか、にもよるだろう。どのような珍味佳肴も、暗くてジメジメした得体の知れぬ虫が這い回り飛び回るところで食べればうまくない。

そういう意味において、人のおすすめとはいえ、即席麵などという安直安価なものを食してうまいと感じるというのは、私がリフォームをなし、リビングダイニングキッチンの絶望的な細長さを解消したからこそである。

と私が言うと、一般の方が抱く凡その感想は、

「そりゃあ、凄い。なんでそんなことができるのか見当もつかない。恐らくはよほど特別な技術、よほど特別な資材・設備を用いたのだろうな。そしてそれは、魔術的、なものなのだ

ろうな。凄いものだよ。リフォームの魔術は。リフォームの魔力は」

って感じであろう。しかし言う。リフォームは断じて魔術ではない。それはどこまでいっても実際的な技術の応用である。

しかるになぜ、大方が魔術のように感ずるかというと、一には人民大衆が魔術を欲するからであり、一にはその欲望に応えて魔術でないものを恰も魔術であるかのごとくに喧伝する者があるからであろう。

という訳で巷間には魔術が氾濫している。曰《いわ》く、リフォームマジック。曰く、収納マジック。曰く、魔法の調味料。曰く、魔法の美顔術。

当然のことながらまやかしインチキで、それらはごく単純な技術・技法の応用に過ぎない。そんな単純な技法の中に、人間の無意識や錯覚を利用した技法があることはよく知られているところである。魔法のカラー使いで売り上げ倍増、なんてのもそうだし、狭い部屋を錯覚を用いて広くみせかける技法、足が細く見える、痩せて見えるコーディネイト、といったようなものである。

しかし、これらが錯覚であり迷妄であるのは当人だちも認めているところで、実際の体重が軽いわけではなく、軽いように見えるだけであり、実際に売り上げが倍になるわけではなく、この店は以前の倍も売り上げがある流行《はや》っている店だ、と思い込んでいるに過ぎない。

これをたとえて言うなら、大して楽しくもないのに、酒を飲んだり麻薬を吸ったりして無理矢理に楽しくなるのに似ている。

現実が変わらないのなら、自分の頭を敢えてアホにして、「おっほっほっ。極彩色でぐるぐる回っとるわ。おもろいなあ。あきゃーん」となるという寸法である。

しかし、当然の話であるが、問題の根本はなにひとつ解決していない。

なぜならずっと酔っ払っていられるのならよいが、酔いはいずれは醒めるものであり、それ以降は深甚な二日酔いに耐えなければならない。

それはつらいことなので、醒めたらまた飲んで頭をアホにする。その先にあるのは無慙な中毒症状である。

こういうことにならないためには、魔術、という言葉を排してかからなければならない。また、自ら魔術師と名乗る人はまずこれを疑ってかからなければならない。

ただこの場合、気をつけなければならないことが百にひとつとは言わないし、千にひとつとも言わないが、万にひとつくらい、贋《にせ》の魔術師のなかに本物の魔術師が混ざっている場合があるという点で、まあ、リフォームの分野に本物の魔術師が混ざっているなんてことはないが、学問や芸術の分野にはときに本物の魔術師が混ざっている場合があるので注意されたい。

こうした本物の魔術師を愚弄したり、或いは逆に過度に讃美するなどした場合、彼の魔術によって一生を棒に振る恐れがある。

というのは余談。

そんなことでリフォームに魔術は存在せず、したがって南北に細長い部屋で食事をする、まるで地獄のような苦しみを解消するためには自分を錯乱させるのではなく実際的・現実的な方法で部屋を東西方向に広げるしかない。

じゃあ、さっさと広げればよいではないか。というようなものであるが、話はそう簡単ではない。なぜなら東側には東側、西側には西側、それぞれ壁があったり襖があったり廊下があったりして、しかもそれらは意味なくあるのではなく、一定の役割を担ってそこにある訳で、したがってこれらを無闇に破壊してリビングダイニングキッチンを拡張すればそれはそれでまた新たな不都合・不具合が生じる可能性があるからである。

そこで拡張にあたっては、不都合が生じないように細心の注意を払わなければならないが、実際はどうなっていただろうか。

まず、西側の壁の向こうは外であった。幅一・五米程度の側庭が南北にずうっと通って、そのさらに西は隣家の擁壁である。

ということはどういうことか。西側への拡張は不可能である、ということである。

というのはそらそうだ、リビングダイニングルームを西側に版図《はんと》を拡張するということは、側庭が侵食されてなくなるということで、しかし側庭には各種メーターがあったり、ゴミを捨てる際の重要なルートになっているなどして、これがなくなれば、電気使用量を測りに来るおばはんは大変な困難を強いられることになるだろうし、また、私自身も、これまでは裏口から側庭を通ってゴミ集積所に参ることができて非常に便利で、日々、喜びに満ち快活に笑ってゴミを出していたのが、それができなくなって、絶望と悔恨のなかで憎悪と恥辱にうち震えながら涙を流してゴミを出さなくてはならなくなる。

次に東側はどうか、というと東側は廊下であった。

申したとおり、その廊下の向こうが二間続きの和室で、所謂ところの中廊下式という間取りである。

この廊下側にリビングダイニングキッチンを拡張したらどうなるだろうか。

困ったことになるのは言うまでもない。

というのはそらそうだ、玄関を入って廊下があってリビングダイニングなり、和室なりに入るからこそ、心の準備ができるのであって、そこにあるべき廊下がないと、実にいきなり、な感じになってしまう。

物事というのはなんでもワンクッションというものがあるからこそ円滑に進むのであって、いきなり核心に入るというのはよろしくない。仕事の話やなんかで人と会うときもいきなり要談にはいるのではなく時候の話を最初にするのはこのためである。

ましてや家屋の場合は尚更で、なんとなれば外ではそれなりの格好をして、気取って歩いたり、取り澄まして業務をこなすなどしている人間も家では、猿股《さるまた》姿で踊っていたり、大福餅の暴れ食いをしていたり、白目を剝《む》いて痙攣《けいれん》していたりするからである。と言うと、「いや、自分はそんな馬鹿なことはしない」という人もあるかも知れないが、そんな人でも後架《こうか》に参ったり、風呂に入ったりはするだろう。

もちろん余人がまったく立ち入らぬのであればよいが、生きているとどうしても来客というものがある。

或いは、まったく来客がない家もあるかも知れない。しかし、そんな家の住人も、仮に来客があった場合のことを常に考えて生きている。なぜなら国家に神話や物語が必要なのと同様に、家には来客が必要だからである。

ということは、必ずしも廊下という形状をとる必要はないのだが、家にはある種の余裕空間、私の家の現状に即せば廊下、がどうあっても必要ということになる。

ということは、じゃあ駄目じゃないか。拡張できないじゃないか。ということなのだが、実は駄目ではなかった。

なぜかというと偶々《たまたま》、特殊な条件が幾つか重なったからで、以下にそれを細かく見ていこう。

いままで言ったとおり、南北に走る私方の廊下は西側のリビングダイニングキッチンと東側の和室を隔てていた。

この廊下の南端の突き当たった東側に洗面所・浴室にいたるドアーがあり、西側に茶室の引き戸があった。この茶室を破壊することによって南側に開口部を設けたわけだが、ひとつ言い洩らしたことがある。というのは、この茶室には、四畳半に加えて水屋があった。合計で一×一・六＝一・六平米ほどのスペースであったが、もちろん茶室がなくなるわけだからこれらのスペースは自動的にリビングダイニングに編入される。

そしてそのスペースは茶室に入った直ぐ左にへっこんだ形で、すなわち廊下の突き当たりの裏側、すなわち茶室からすれば東側にあったので、結果的にリビングダイニングを一メートル東に拡張できたのである。

このことをヒントに私はさらなる拡張はできないものか、と考えた。すなわち、廊下の突き当たりの壁を、まちっと手前、すなわちまちっと北寄り、和室の入り口の引き戸ぎりぎりのところまで移動し、リビングダイニングルームの壁を破壊することによって、一・二×一・七＝二・〇四平米の領土を東側に獲得できるのである。

この時点で私は一・六＋二・〇四＝三・六四平米、すなわち二畳分以上のスペースを東に得ているわけだが、いったん火がついた帝国主義的領土的野望は止《と》め処《ど》がなく、私はさらに版図を拡張しようと考えた。

次に私が目をつけたのは洗面所にいたる一×一＝一平米のスペース並びにその南の洗面所の一部、一・七×一＝一・七平米である。

どういうことかというと、私事をみだりに他人の目に触れさせないための配慮として浴室へいたる道のりをわざと屈曲させてあった。

すなわち廊下の突き当たりの左側（東側）のドアーを開け、半間のスペースにいったん入り、直ぐ右（南）の入り口から洗面室に入り、そのさらに東側の浴室にいたる、という造りになっていたのである。

この、半間のスペース、尚且つ洗面所の一部を侵略・破壊すれば、さらに二・七平米の領土を得ることができるのである。

そして洗面所の一部は家屋最南端であり、リビングダイニングルームは南に行くほど東西が広くなり、東西の圧迫はこれによって完全に解消される。

はず、であった。

ところが理窟のうえではこのようにうまくいっても実際、現実には実際的現実的問題が生じる。なぜか。それはそれが実際であり現実であるからである。

私方にも実際上現実上の問題が実際に生じた。どんな問題であったのか。申し上げよう。暴論は暴風のなかでのみ有効である。そして我々は現実のなかに生きている。或いは我々が生きている、そのことをさして現実という。じゃあ、現実の反対はなにかというと、夢、ということになる。或いは、理想、ということになる。

夢と現実は持ちつ持たれつの関係にある。夢がなく現実だけだと現実は先細って枯れていく。一方、夢ばかり見て現実を顧みなければ餓えて死ぬ。つまりそれらは互いに互いを必要とする。

理窟のうえで成り立つ話、というのもある種の夢であろう。なんとなれば、理窟とは現実から任意にいくつかの条件を選び取って組み立てられた物語であるからである。

したがって、「理窟のうえで成り立つ話なのだから成り立つはずだ」とか、「それは理窟から考えたらおかしいだろう」などと声高に言う人は、夢ばかり見て現実を見ない阿呆である。そうしたことをさして昔の人は、痴人夢を説くと言った。といって現実のことばかり言っても駄目だっつうのはもうわかってるよね。

つまり、私たちは理窟と現実の両方を見なければならない。私たちは理想を掲げるだけでは駄目だ。理想を掲げつつ、現実を生きなければならない。

さあそこでリフォームの現実を見ていこう。

呆れるほど克明に見ていこう。

理窟では、理窟において私は、リビングダイニングキッチンを廊下の側に広げて二畳以上のスペースを確保、そのうえ、私事をみだりに他人の目に触れさせないための配慮として浴室へいたる道のりをわざと屈曲させた廊下の突き当たりの左側（東側）の一平米、及び、洗面所の一部、一・七平米、合計二・七平米を得ようとしたが、ここに理窟或いは夢が想定した条件から洩れ落ちた現実の条件がふたつあった。

ひとつはいま右にも言った、私事をみだりに他人の目に触れさせないための配慮、という条件で、具体的に言うと、居室から洗面脱衣室さらには浴室にいたる道筋、リフォーム業界関係者が使う、こういう場所でその言葉遣いは稍軽薄に傾くのではないかと思われる言葉遣いで言えば、動線、という現実的条件、さらに言えば文字通り赤裸々な現実であった。

計画以前の日本座敷とリビングダイニングルームは廊下で隔たっている。がために、日本座敷、リビングダイニングルームいずれからも廊下を通って、ということは居室を通らずに浴室に移動することが可能だった。しかも突き当たりで廊下は左に屈曲した。

この設計によって人はその姿を余人に見られることなく、浴室に赴き、また、浴室から戻ることができる。すなわち、私事＝プライバシーに対する配慮である。

　このような配慮に基づく思想を俗に、ＰＰ分離思想、と呼ぶ。ＰＰというのは、そのとおり、public－private の略であるが、これは是非ともなされたい配慮で、なんとなれば浴室に、参る際はともかくも戻る際、多くの人は弛緩しきっている。

　その弛緩しきったところを他人に見られるのはなんともきまりの悪い話である。ましてやご婦人ともなればこれまた格別で、ご婦人は普段、お化粧、というものをなさっている。これによって化けている。ところが、お風呂に入るとどうしてもこれが落ちる。

　落ちるとどうなるか。そこにあるのは、生まれたままの赤裸々な顔である。

　これを諸人の前に晒《さら》し、うわっうわっ、と言われたり、甚だしい場合に至っては、ぎゃあああ、なんて顔だあっ、と絶叫の挙げ句、悶絶昏倒せしむる、などというのは本意ではあるまい。

　そうならないためのワンクッションとして廊下が設けられている、ということは右に少し申し上げたところである。

　しかるに、計画以降は、というと、それが廃せられる。

　具体的に言うと、浴室にいたる廊下は日本座敷の入り口のところで途絶する。

　じゃあ、浴室に参りたいときはどうするのか、というと、壁の手前の右、すなわち西の、リビングダイニングキッチンの入り口ドアーよりいったんリビングダイニングキッチンに入り、南端の、元・茶室であった掃き出し窓あたりまで参って、左手の元・洗面所の一部であった一・七平米のスペースの先の洗面脱衣室に向かう、ということになる。

これはＰＰ分離思想の立場から言うと最悪の配置といえる。

というのはそれはそうだ、リビングダイニングキッチンというのは、そこに暮らす者の日常生活が営まれる場所、すなわち、privateに属する領域で、これは典型的なＰＰ混淆思想による設計である。

そこへさして来客が、風呂上がりの弛緩した半裸状態で、ゆらっ、と現れたらどうなるだろうか。それが若い娘であった場合を考えれば逆に非常によいのかもしれない、と考えるおっさんもあるかも知れないが、申し上げておく。それは夢であり、具体的にはこの場では申し上げないが現実は過酷である。

互いに非常に気まずい思いをすることが殆《ほとん》どだし、右に申し上げた赤裸々な顔面問題もある。

そしてこれはなにも来客に限ったことではなくて、家の者でも年頃の子供があったり、親の世帯と子の世帯が同居する場合なども、昔はそうでもなかったが、個人の意識、個人の主張が強くなったいまは、問題となることがあるのである。

以上が、理窟のうえでは成り立つリビングダイニングキッチンの廊下側、洗面所側への拡張の、現実の問題、現実の条件のひとつなのだが、さて、私はこれをどのように克服したのだろうか。

実はこれはリフォームを考える場合にもっとも重要な、これまで繰り返し出てきた、そして、これからも繰り返し出てくるであろう、永久リフォーム論、の入り口で、私たちはその入り口にいままさに立っているのである。

つまりひとつの問題を解決すれば、その解決によってまた別の問題が立ち上がってくる、という例のアレである。

繰り返し言う。この問題は何度も何度も我々の前に立ち現れる。そしてこの問題を解決せざる限り、私たちは永久リフォームの泥沼に足を取られ、一歩たりとも前へ進むことができなくなるのである。

先に私は、本来、余裕スペースとして必要な廊下への拡張を解決したのは私方の特殊事情、と書いた。その特殊事情とは、これまで申してきたとおり、廊下が比較的長く、そのすべてを廃さずとも拡張できた、という事情で、当然、すべてのPP問題を解決した訳ではない。

では私はこれをどうやって乗り越えたか。

申し上げる。私はこれを夢幻理論によって乗り越えた。

夢幻理論とはなにか。一言で言うと、リフォームにおける夢と現実、理想と現実、理窟と現実、設計と現実をあり得ないくらいに厳しく突き詰めることによって、現実が夢と化し、夢が現実と化すという三昧境《さんまいきょう》を家庭内に実現するという理論で、一応、理論と名がついているが、ごく実践的な技法である。

この技法を習得するためには、ピチピチのタイツを穿《は》いて踊る、とか、自分をいったん殺して（あくまでも精神的に）、自室の前に香華《こうげ》を手向《たむ》ける、ドカベン四十数巻を読誦《どくじゅ》する、といった感じの複雑なトレーニングが必要なのだが、一般の人にも理解できるよう、ごくかいつまんで、一言で、わかりやすく言うと、理窟が想定した条件以外の現実の条件下での物語を拵える。という技法である。

と言うと、理窟からこぼれ落ちた条件下で物語を作ってなんで理窟と現実の懸隔を埋めることができるの？　と普通の人は思うだろう、当然の話だ。ところが夢幻理論という、夢というOSのうえで走る現実をOSとしてそのうえで夢を走らせる、という夢幻循環ループ方式という方式を採用する夢幻理論のもとでは、これが完全に成立するのである。

といってもまだわからないだろうから、実際の私がどのように夢幻理論を用いて永久リフォームの泥沼を渡渉したかを以下に示すことにしよう。

さて、私方で現実の問題となっていたのはPP問題であるが、私方の現実において家族間のプライバシー問題は存在しない。なぜなら私方には犬猫は多くあるが人間の家族はないからである。

ということは現実の問題としての現実における私方の現実的PP問題は、専ら来客の問題ということになる。というか、ことである。

そこで私方の来客の現実というものを考えてみる。

私は元来、ひと付き合い、人の世の交際、というものがきわめて苦手で、ひとりで手打ちうどんを打ったり、暗闇で、「ナット、ナットオー」と納豆売りの真似をして、そこにおかしみを感じてひとり笑いを笑うなどすることを好む人間である。

そんな人間のところに用もないのに好きこのんで来る人間はない。よって私方に来客はない。よって来客のＰＰ問題は家族のＰＰ問題と同様に現実には存在しない。以上。

というのは夢幻理論ではなく、ただの理窟であると言える。

なぜなら現実には私の家に来客があるからである。

なぜ彼らは来るのか。右の理窟に明らかなように好きこのんで遊びに来るのではなく、用があるから来る。用というのは、大抵の場合、というか、すべての場合が用談である。用談の客には茶菓を出す。どこに出すのか。リビングダイニングは取り散らかっているので日本座敷に出す。

おおっ。いよよ問題の核心に迫ってきた。さてここからはますます現実的になっていく。茶菓を出したら用談に入る。「原稿料は一枚八百万円にしてほしいのじゃが」「弱ったな。我が社の規定では一枚八銭なんですよ」「じゃあ、なかをとって一枚八万円でどうだろうか」「よござんす。仰るとおりなかをとって一枚八十円ってことで」「よかったよかった」「よかったよかった」ってことで夢幻の用談が済む。さて、仕事上の付き合いで誰かの自宅に行って用談が終わったら普通どうするだろうか。「奥さん、酒と肴をよろしくお願いします」と言うだろうか。そんな無茶を言うわけがない。というか、そんな緊張する場所で飲みたくない。しかしまあ、常識的に考えてひとつ風呂浴びる、ということはあるだろう。「奥さん、風呂は沸いてますかい。そうですかい。じゃあ、ひとつ風呂、浴びさせて貰いますよ」と言ってその場でクルクルッと裸になり、陰茎をブラブラさせて大股で風呂に向かうに決まってる。なーんて、ことあるかいっあるかいっあるかいっあるかいっ（ディレイ）。

と、最後の突き込みで現実は幻になっていく。しかしその幻は、仕事で来た客が風呂に入ることはない、というひりひりした現実でもある。これが夢幻理論の実際的な展開である。実はこの後も風呂と日本座敷をめぐる夢幻の物語は続き、ますますの乗り越えがなされるのだが、スペースがなくなってきたので割愛する。

附言すればこの夢幻理論はリフォームの問題のみならず、他のあらゆる問題に応用できる。領土問題、憲法問題、エネルギー問題やなんかは夢幻のうちに解決できる。つか、ずっとそうしてきたからこうなっているのか。門外漢の私にはそのへんのところはよくわからない、とまれ、私はＰＰ問題をこのようにして解決し、永久リフォーム論の轍《わだち》にはまるのを回避した。

しかし、実はもうひとつの問題がある。これにも夢幻理論を適用したが、この問題はそれだけでは解決しなかった。

その問題を夢幻のうちに見ていこう。まず、夢、すなわち設計のどの部分に問題があるのかというところを見よう。私はリビングダイニングルームの廊下側への拡張を企図した訳だが、そのためには壁、また柱を除去する必要があった。概ね問題がなかったが、廊下の突き当たりの壁と柱、そのさらに南の壁と柱に重大な問題があることが判明した。この壁の裏側は茶室の水屋及び押し入れで、夫々《それぞれ》一平方メートルのスペースであったが、これらを除去することによって、東西方向約四・五メートルにわたって柱のない箇所が二箇所、生じる。

それのなにが問題なのか。それはその夢が既に壊れているということ。私方はそもそも軸《じく》組《ぐみ》構法、という法則によって建築されている。軸組構造とは軸、すなわち柱によって、成立するひとつの夢であり、最低でも三・六メートルおきに柱が立っていないとこの夢は成立しない。

家屋において設計という夢が成立しないということはどういうことか。それは倒壊して瓦《が》礫《れき》になるということであるが、右に見たように私方の夢には四・五メートルにわたって柱のない部分がある。つまりこれは設計という夢が壊れる。すなわち家が倒壊するということである。

そしてそれは夢から生じた現実である。というと、これこそ夢幻理論で乗り切るべきではないか、と多くの人が考えるであろう。

そこで、これに夢幻理論を適用してみよう。さて私方の夢から現実化した問題は家屋の倒壊である。これが私方の現実的な問題である。この現実をどのような、もうひとつの現実に導くことができるだろうか。言い換えれば、どのような物語を紡ぐことができるだろうか。そしてその物語によってどのような形で現実を乗り越えることができるだろうか。能書きはいらない。さっそくやってみよう。

さて、私方ではリビングダイニングルームのもっとも南側の中央部分の強度が弱く倒壊の恐れがあるのであるが、その日は、たまたま、自動車の営業マンがやってきてその倒壊するかも知れない部分の直下に彼と私は対座していた。なぜかというと私が呼んだからで、なぜ呼んだかというとクルマを一台かそこら買おうかな、と思ったからである。私はセールスマンに言った。

「最近は電気自動車とかもあって混淆自動車とかいうのもあるわけでしょう」

「いずれ廃仏毀釈なんてことにならなきゃいいんですがね」

「お宅は大丈夫なの」

「はい。うちはお客様の信用を第一に考えて精緻な朱子学をモットーとしておりますから」

「その割には君、割に無精じゃないか」

「わかりまするか」

「ああ、わかる。なぜなら僕も無精だからだよ」

「ははは、破礼《ばれ》ちゃあしょうがない。まあ、仲良くやりましょう。ところで」

「なんだい」

「さっきから、妙な音が聞こえやしませんか。ミシミシ、ミシミシ、って具合の」

「ああ、気がついたかい。実はそうなんだよ。あそこの天井のあたりをご覧なさい。随分と梁《はり》が撓《たわ》んでるだろう」

「あ、本当だ。いまにも天井が落ちてきそうだ」

「一週間ほど前からこんな具合なんだが、今日あたり落ちてきそうな具合だな、とさっきから思っていたんだ」

「だったらさっさと大工を呼んで修繕をすりゃあ、いいじゃああありませんか」

「まあ、そうなんだが、さっきも言ったように私は随分と無精な質だからね。面倒くさくてつい放ってあるんだよ」

「そりゃあ、剣呑ですね。というか、うわっ、うわっ、うわっ、もうあんなに撓んでますよ。いよいよ落ちてくるんじゃありませんか」

「そう思うのだったら逃げればいいじゃないか」

「まあ、そうなんですがね。けど、あなたと話しているうちになんだか逃げるのが面倒くさくなってきた。あなたは逃げないんですか」

「うんまあ、そうなんだがね、私も逃げるのが邪魔くさいんだよ」

「そう言っているうちに、あああ、ぼろぼろ天井の破片が落ちてきました。逃げないんですか」

「ああ、面倒くさいからな。君は逃げないのか」

「ええ、面倒くさいんで」

と言っているうちに私と客はその後、落ちてきた天井、やがて落ちてきた屋根に潰されて圧死した、って落語やないかいっないかいっないかいっないかいっ（ディレイ）。

と、最後の突き込みで現実は夢幻の谺《こだま》となって消えていく。

のであるが、もうおわかりのようにこの夢幻理論は破綻している。

なぜなら、夢幻理論はこの解消した現実がもう一度、設計という夢に立ち返って現実の家屋として機能する必要があるのだが、今回は家屋が倒壊して瓦礫となっているので、そうはならないからである。

　つまり結論としては、この場合、予想したとおり、夢幻理論は無効なのである。

　ならばどうするのか。リフォームを諦めるのか。諦めて東西方向に極度に狭い部屋で、その運命はいくら努力したって変えられないんですよ。ポリフェノールって身体にいいんですってね。でも黒烏龍茶って高いじゃないですかあ？　だもんで、僕らは飲めないで、それで早死にするんですけどね。それもまた運命なんですよ。あ、そのポンジュース、一昨年のお中元なんで飲めませんよ」なんて感じで乾いた笑いを笑って虚無的に生きるのか。君はそれでいいのか？

　本当にそれでいいのか？

　と問われれば、よくない。と答えるのが人間としての道筋であろう。

　でもじゃあどうするのか。人間の道筋、などときれい事だけ言って、じゃや、あとよろしくね。と言い捨てて髪を結い、綺麗にお化粧をして着物を着てホストクラブかなんかへ行くのであればなんの意味もない。まして男なのに。

　そこでなんとかしようとしてあがく。確かにそれは美しい姿ではない。というか、滑稽でみっともない姿であろう。しかし、リフォームというものはそもそもがそういうものである。

　例えば、「いまの政治はだめだ。根幹からだめだ。なのでチマチマした弥縫策ではどうにもならない。一度、すべてを打ち壊して一から作り直さなければならない」と言う人があれば、わかりやすいし、清々しいので喝采を送りたくなる。

つまり、リフォームなどという面倒くさいことはやめて、新築すればいいんですよ、新築。新築。ということである。しかしその結果は現状に明らかである。そうした浅薄な考え、インスタントな理想に基づいてていてってとり早く建てられた新築住宅は当初こそ輝いて見えるが、色褪《いろあ》せるのも早い。また、そうした考えは歴史・伝統を否定、現在に立脚して過去を批評というほどのこともなく、頭から馬鹿にしてみるが、当然、昔の人間がいまの人間よりも愚かだったということはなく、ということはそれはそれなりの考えや事情があってやったことなのに、それを頭から馬鹿にして顧慮しないので、きわめて早く不具合が顕在化する。

そして、そうした論者はどういう訳か極度に記憶力に乏しく、不具合が顕在化するや自分がそうして、リセットしろ、と言ったことをまったく忘れて、またぞろ、「すべてを打ち壊して一から作り直さなければならない」と大声で喚き散らし、喉から血液を垂れ流しながら天玉そばを貪り食らうなど、きわめて見苦しい振る舞いに及ぶのである。

という訳で、現状をなんとか改善しようというのは美しい姿ではないが、結果から言うと、すべてを打ち壊すよりはまだ増しなのであって、私たちはそこになんとか活路・血路を見いだすより他に術《すべ》を持たないし、それこそがリフォーム論であるといえる。

という訳で私は夢幻理論の通用しないリビングダイニングの南の崩壊をなんとかしようと考えた訳だが、いったい私はどんな方策を用いただろうか。

それは一言で言うと、妥協、である。

どういうことかと言うと、リビングダイニングルームの狭さに苦しんでいた私はこれを拡張しようと考えた訳だが、その拡張を一定程度、諦めようとした訳である。

というのを若き諸君が聞くと、「これだから大人は嫌いだ。すぐに理想を捨ててキャバクラやソープランドに行く。穢《きたな》らしい」と言い、厭悪するだろう。しかし、どこまでも妥協をしないでどうなるのだろうか。夢幻理論の通用する限りにおいてはそれもまたよいだろう。理想は理想として現実は現実として、その矛盾点を夢幻の境界地点を往還させることによって両立させることができる。しかしそれは多分に文学的で、常人には不可能な場合が多く、また仮に成立したとしても、それが適用できないケースがあるというのは我が家の梁に明らかである。

だからさ。狭いということは、苦しみ、悲しみである。これは間違いない。といって覺者《かくしゃ》でもない限り、苦しみを完全に除去することはできない。それどころか苦しみを除去しようとしてさらなる、より大きな苦しみを生み出すなどする。永久リフォーム論もそのひとつだ。ならば、妥協、ということを学んで苦しみを最小にとどめる、というのが光り輝く智慧であると言っても罰はあたらない。人間は罰さえあたらなければなにをやってもよい。

という訳で私は、妥協、なるものをすることにした。

じゃあ具体的にはどのような、妥協、をしたのかというと、それはきわめて穏健なことで、拡張の諦めを最低限に留める、すなわち、四・五メートルの拡張ができぬのであれば、これをつづめて三・六メートルの拡張で我慢しようと思った訳である。

凡《およ》そ〇・九メートルの妥協であり、小さいと言えば小さいが大きいと言えば大きい。どれくらい大きいかを実感したければ、あなたがいま居らっしゃる部屋の壁の手前〇・九メートルのところに板かボール紙で仮の壁を立てて部屋の真ん中あたりにぽつねんと座してみるがよろしかろう。異常な狭苦しさ・圧迫感、寂寥《せきりよう》感、孤独感に苛《さいな》まれ、鬱病のような状態になるに違いなく、到底、人間が耐えられる狭さではない。

けれども妥協はしなければならない。

ああ、私はどうしたらよいのだろうか。この苦しみから逃れるためには死ぬしかないのだろうか。駄目元でもう一度、夢幻理論をやってみようか。

という具合に、私が完全な隘路《あいろ》にはまりごんでしまったように卿等《けいら》には見えるだろう。ところがさにあらず。もちろん、私は妥協をせざるを得なかったが、この迫りくる〇・九メートルを私はあることをすることによって一定程度、現実的に解消した。その、あることについて申し上げたいのだが、さてその問題をもう一度、確認すると、リビングダイニングルームにおいて東側への拡張を〇・九メートル分、妥協したがために、リビングダイニングルームに異様な圧迫感が生じ、そこに暮らす者は、寂寥感、孤独感に苛まれ、やがて鬱病になって自殺する可能性が大きいが、それをどのように解決するか、という一大テーマである。

と私がこんなことを言うと、「〇・九メートル自室が狭くなったことが理由で自殺したという例はこれまでにない」なんてもっともらしいことを言う御仁が現れるだろうが、私たちはいまなにをやっているのだろうか。自殺の防止をやっているのだろうか。もちろん違う。

私たちはリフォーム、すなわち家の不具合の解消をやっているのである。自殺しないのだからいいだろう、と言うわけにはいかない。

ただ、私は家の不具合は自殺に繋がる場合もあるよ、と述べているだけの話である。もちろん自殺だけではない。大怪我に繋がるかも知れないし、病気に繋がるかも知れないし、倒産に繋がるかも知れないし、犯罪被害に繋がるかも知れない。

なんて言うとまたさっきの人やそれに類似する人が現れ、「いちいち大袈裟なんだよ。部屋が狭くなってなんで大怪我すんだよ。倒産すんだよ」と言うだろう。

そう言う人は、いまから私が言う実験を行ってみるとよい。

まず、一片が〇・九メートル、もう一片があなたの住んでいる部屋の天井までの高さの板を二枚乃至《ないし》三枚用意して頂きたい。板が入手できない場合は段ボールをガムテープで貼り合わせても結構である。

さてこの板乃至段ボールを、二枚の場合はL字に組み立ててあなたの部屋の隅に、三枚の場合は、壁に立てかけて頂きたい。その際、より正確な結果を得るためには板乃至段ボールを壁と同色に塗装するとよい。そして一週間から一ヶ月程度、その部屋で普段と同じように生活をする。

実験は以上である。さあ、どうだろうか。どんな実験結果を得られただろうか。そう。耐えがたい圧迫感が部屋に生じ、こんなものは直ちに撤去してしまいたい。なぜこんなものをわざわざ部屋に設置しなければならないのか。板だって安くなかった。しかも塗装までして。

バカじゃないのか。という気持ちになっただろう。しかし、実験中なので撤去はできず、なんとも理不尽な、遣りきれないような気持ちになったに違いない。というのは圧迫感は筆舌に尽くしがたいが圧迫感だけではなく、部屋がそれだけ狭くなった分、物の置き場が減るわけだから、部屋にあるもの、すなわち、上着、ショール、猿股、バンソウコウ、爪切、ヘヤブラシ、ポット、アロマキャンドル、写真立て、iPod、充電器、週刊誌、文庫本、新聞紙、凍殺ジェット、カップジョリック、メッツコーラ、バヤリース、ウェットティッシュといったものが、部屋のいたるところに散乱するという実際的な不具合も生じる。

そして部屋のなかには、実は厳重に管理しなければならないのだがついそうしたもののなかにともすれば取り紛れてしまいやすいもの、が少なからずあり、そんな状態になってしまっているので実際に取り紛れてしまう。私には聞こえる。苦しみ喘ぎ、絶望し困惑する声が。


「うわっ。実印どっかいってもおたやんけー」

「うわっ。免許更新の連絡の葉書どっかいってもおたやんけー」

「うわっ。保険証どっかいってもおたやんけー」

「うわっ。銀行印どっかいってもおたやんけー」

「うわっ。実印出てきたおもたら、印鑑登録のカードどっかいってもおたやんけー」

「うわっ。通帳あらへんやんけー」

「うわっ。明日の仕事で絶対必要で、なかったら破滅するうえ、めっちゃえらい人が作ったから再発行とか死んでも無理な書類なくなってもおたやんけー」

という民の嘆きが。

そして私には見える。それら重要な物を泣き喚きながら狂ったように探し続ける彼らの姿が。しかし井上陽水が何十年も前から喝破していたように、それらはけっして見つからない。なぜ見つからないのか。それはただでさえ、圧迫感によって少しばかり精神に異常を来している、日々、追い詰められている彼らが、それらのものがない、見つからない、という事実によってさらに追い詰められ、まともな判断能力も思考能力も失ってしまっているからである。

そしてついに彼らは疲労の極に達し、その場にばったり倒れる。見ると白目を剝いて口から泡を吹いている。ときどきビクビク痙攣する。

その結果、彼らはどうなるだろうか。免許を剝奪され、有利な契約にも調印できず、預金も証券もすべて奪われ、職を失い、健康も害して、失意と絶望の淵に沈んでしまう。実験においてすらこの為体《ていたらく》である。況んや現実においてをや。

と、このように〇・九メートルの出っ張りによる狭さというのは確実に人の心身を蝕み、その未来を奪うのである。

それを、前述の、たかが〇・九メートル。たいしたことない。などと馬鹿にして、目先の快楽に溺れているような人が、近い将来、生きながら地獄の火に焼かれるのは間違いのない話で、そんな人間の戯言《ざれごと》に付き合っている暇は私たちにはないので、さっさと先へ進もう。

さて、私は言うように、〇・九メートルの拡張における妥協をした。そしてそのことが破滅をもたらすというのはいま言ったとおりである。その破滅を避けるために私は、これは先に、そのときまで居た渓谷のようなところで申し上げたことだが、あることをすることによって、その不具合を解消した。

さあ、私はなにをしただろうか。言ってみれば実にあっけないこと、私はその場所を物入れにしたのである。

そう。構造上、東西方向に四・五メートルの間隔をあけることができず、廊下の東南隅から〇・九メートルの位置に柱を立て、二辺を壁で覆わねばならぬのであれば、それを逆手に取り、扉をつけて物入れにしてやろうと考えたのである。

もちろん物入れにしたからといって人を破滅に追い込む圧迫感が減ずる訳ではない。ただ、考えてもみて欲しい。物入れとはなんだろうか。そう。物を入れる場所である。ということはどういうことだろうか。そう。家庭に散乱し、がために厳重に管理しなければならぬものを、行方知らずも。みたいなことにしてしまう、上着、ショール、猿股、バンソウコウ、爪切、ヘヤブラシ、ポット、アロマキャンドル、写真立て、iPod、充電器、週刊誌、文庫本、新聞紙、凍殺ジェット、カップジョリック、メッツコーラ、バヤリース、ウェットティッシュといったものを入れて散乱を防止することができる訳だし、逆に、そうしたものは敢えて散乱させ、厳重に管理すべきもののみを、その物入れに入れて、破滅・崩壊を防止することもできるのである。

私はこれを、不具合を解消しようとするも解消しきれず生じるであろう不具合を解消することによって最初の不具合は完全に解消できなかったがけれども生ずる不具合というのは考えてみればいまも生じている不具合でそれがなくなるだけでも御の字やんけ理論、と命名したい。これは多分に心理的な理論ではあるが、確実に不具合は減少しているのでリフォーム論としては正統である。

この、不具合を解消しようとするも解消しきれず生じるであろう不具合を解消することによって最初の不具合は完全に解消できなかったがけれども生ずる不具合というのは考えてみればいまも生じている不具合でそれがなくなるだけでも御の字やんけ理論と夢幻理論の組合わせはおそらくリフォームにおいては最強で、諸兄らには是非ともこれを習得して頂きたいものであるが、それらはけっして空理空論であってはならず、何度も言うが、それらは実際的に有効なものでなければならない。

そのためにはその私の考えた物入れが具体的に、いや、実際的にどんなものだったかを以下に示していこう。

まず、その寸法から示していこう。その寸法は、幅は言うように〇・九メートル、奥行きも〇・九メートル、高さは天井まですなわち二・四メートルであった。その北面は廊下の突き当たりの壁、東面は和室の壁、西面はリビングダイニングルームの壁であり、南面に扉と開口部を持つ。

つまり、リビングダイニングルームの南寄りの位置に東を向いて立てば、ただただ滑らかな白い壁が広がるばかりなのだが、南に進んで、洗面脱衣室の扉の前に到って北面して立てばそこに扉と開口部を見ることができる、という訳である。

さてそして扉と開口部とはどういうことかというと、この物入れは上下二段に分かれており、その半ばより上の部分が観音開きの扉を持つ収納スペースとなっており、下の部分が扉を持たぬ、言わば窖《あなぐら》のような空間となっているのである。

扉の部分には、右に言ったような、ともすれば部屋中に散乱し、人を破滅に追い込む、かといって生活にはどうしても必要な、雑多で細々した物を収納し、恰もそれらが存在しないかのような状況を作り出すことができる。

では窖の部分とはなにか。

それは端的に言うと、犬の寝場、である。知っている人は知っていると思うが犬という生き物は、窖のような場所で眠ることを非常に好む。ところが大抵の家には窖がない。なので犬は実は常に困惑している。そこでその不具合を解消しようとして考えたのがこの物入れ下段の窖なのである。

というのが物入れの全体像で、これを作製することによって雑物の散乱が防止され、犬の安楽が約束される訳であるが、さてこれは元はなんであったであろうか。

そう。妥協、による負の産物、単に圧迫と破滅をもたらすものでしかなかった。しかるにこれを物入れとすることによって正の意味が生まれる。

このことに希望を見出す。見出すことによって活力が生まれる。さらに不具合を直していこうという気持ちになる。これこそがリフォームの神髄である。

是非とも学んで頂きたいのはこの部分である。リフォームは不具合の解消である。それは間違いのない永遠の真実であるが、不具合の解消というとマイナスをゼロにすることと思われがちである。しかし、右のようにマイナスの要素に積極的な意味を与えていく。そのことによって希望と活力を得る。これを体験しなければ真の意味でリフォームをなしたとは言えぬ。

仮に構造上問題がなかったとしても、だだ広い、しかし、雑物、散乱し、人をして破滅に追い込むような空間になるから、物入れをやはり造ろう、と、そう思っただろうなあ、と思うような構造上問題のある空間をリフォームする。これが希望と活力の源泉なのである。ただし、その活力は人をして永久リフォーム論に向かわせるenergyでもある。そのことに注意しながらさらにリフォームの実際を見ていこう。岡崎真一はいまどこでなにをしているのだろうか。そんなことも少しだけ考えつつ。

夢幻理論。また、マイナスの要素に積極的な意味・意義を付与することによってこれを乗り越える。というリフォーム技法は、

人と寝食を共にしたい居場所がない二頭の大型犬の痛苦。
人を怖がる猫六頭の住む茶室・物置小屋、連絡通路の傷みによる逃亡と倒壊の懸念。
細長いダイニングキッチンで食事をする苦しみと悲しみ。

ダイニングキッチンの寒さ及び暗さによる絶望と虚無。
という問題をすべて解決した。ところが、これこそがあの恐るべき永久リフォーム論のとば口なのだが、解決したことによってまた新しい問題を生み出した。それは、
流し台が部屋のど真ん中にあることによる鬱陶しみ。

という問題である。どういうことかと言うと、覚えておられるだろうか、そもそも私方のキッチンは独立した六畳のキッチンであったが、これを、狭し、と観じた私は、壁を撤去して北側の六畳とひとつながりとすることによって問題を解決した。

そしてそのとき流し台は南側の六畳の西側の壁に設置してあった。

ところが今般、これを南側に拡張した。ということはどういうことになるだろうか。そう。部屋のちょうど真ん中の、もっとも目立つ場所に流し台が鎮座する、ということになってしまうのである。

と言っても、それのどこが問題なの？　と訝《いぶか》る人があるかも知れないので説明をしておくと、先に申し上げた物資が散乱するという問題が発生するのである。

なぜなら食事の用意をする流し台周辺というのは家のなかでもっとも物資が散乱しやすい場所であるからで、様々の調理器具・調理小物、食材とその残滓《ざんし》、食器、調味料、各種の布、

袋、紙などが流し台周辺には集まっている。就中《なかんずく》、食材とその残滓は有機物で、したがって時間とともに腐敗し、悪臭を放ったり、伝染病を媒介する昆虫が発生したりする。

そうした事態を避けるため、かつては私方がそうであったようにキッチン・台所は、座敷や寝室と隔てられていた。しかし社会情勢の変化とそれにともなう人々の意識の変化により、ダイニングキッチン、リビングダイニングキッチン、などと称し、キッチン・台所が生活の、したがって家庭の、したがって家屋の中心に位置するようになった。

事実、私方もそのようになった。

ただし、その際に発生するのが、右に申し上げた、流し台の鬱陶しみ、という問題で、自分の鬱陶しみだけではなく、大事のお客さんに、半分に切ったナンキン、雑巾、卵の殻、茶殻、鍋の蓋、ママレモン、魚の骨、エリンギといったものを堂々開陳するわけにもいかず、人々はリビングダイニングキッチンを実現するにあたって様々に心を砕いてきた。

具体的な方法を示すと、まずは壁付けの廃止、ということを行った。

どういうことかというと、以前は流し台は壁付けに設置してあった。狭い台所空間を効率的に使用するためにである。

ところがそうした場合、右に言ったような流し台周辺に展開する雑物がフルオープンになってしまう。そこでこれを壁から離したうえ、裏返しにした。その結果、リビングダイニングにうち寛ぐ人は、化粧仕上げされたすべらかな、流し台背面のみを見て、その背後に隠れた周辺雑物を見ないで済むようになったのである。

ということはどういうことかというと、不都合なものを隠蔽するということで、その後、この隠蔽思想の普及とともに、不都合なもの、の範囲はどんどん広がっていった。

初期の頃は端的に見苦しく、ときに悪臭を放つ、野菜の切れ端や鮮魚の臓腑、汚れた調理器具や皿、などが、不都合なもの、とされたが、やがて、その時々の都合で購入したため色や意匠が不統一な食器、安っぽいプラスチック素材の調理器具、子供じみたデザインのファブリック類、周囲から遊離したような色合いの冷蔵庫、実用一辺倒なため、珍妙で滑稽な外観の炊飯器や電子レンジ、といったものも、不都合なもの、とされた。

しかしこれらすべてを板などで囲繞《いじょう》して隠蔽するのは難しい。ではどうしたか。

廃棄・交換がなされた。

ただ、その際、同様のものと交換しても意味がないのだが、こうした隠蔽思想の高まりを受けて、市場には、不都合を隠蔽する、といって不穏当であれば改善する意匠を施された商品が投入され、そうしたものと交換することによって、不都合なもの、は台所から駆逐されていったのである。

しかし、多くの場合、それらの改善の努力は報われず、結果ははかばかしくなかった。

なぜならそれらすべてを一気に交換してしまうほどの財力を持つものは少なく、それらは逐次的になされたため、流し台周辺とその背後には色や意匠の統一されぬ、不都合なものが必ず、存在したし、また、お中元、引き出物、プレゼント、気の迷いで購入、といった形で、その間も、不都合なもの、は台所に流入し続けたし、或いは、交換したはずのものも、技術革新、社会の情勢や人々の意識の変化、或いは商業的な理由、によって、不都合なもの、になってしまう、さらなる交換が必要になるケースも少なくなかったからである。

そこで多くの者が、一定程度の、鬱陶しみ、はこれを甘受すべし、と諦める、というのが実情である。

しかしより激越な思想に走るものもあった。それは、隠蔽の思想を根底から否定し、すべてを剝き出しにして晒す、という丸出し思想である。

廃棄・交換というのは、調理に際して必ず生じる不都合を意匠・外観の変更によって隠蔽しようという考え方だが、丸出し思想はさらにそれを一歩進めた考え方で、隠蔽などと生ぬるいことを言っているから廃棄・交換がなかなか進まない。都合の悪いものを隠蔽するのではなく、むしろそれをすべて白日の下に晒す。堂々開陳する。

そうすることによってなにが生じるか。

そう。徹底的な交換である。

なにしろすべてが丸出しになっているのだから、なにひとつおろそかにできない。すべての設備・用品は剝き出しして気にならない美しさを備えたものに交換され、まったく鬱陶しみのないものとなる。

しかしでは、調理の際に発生する野菜屑や魚類の臓腑などのゴミ、油汚れ、また、食事の際に生じる、汚れた食器などについて、丸出し思想はどのように対処するのだろうか。

それは徹底的な、もはや狂気の域に達するかのような、清掃、である。ほんの少しでもゴミが出れば直ちに棄てる。生ゴミなどはディスポーザーで処理する。汚れた食器は直ちに、備え付けられた巨大な食洗機に放り込む。油汚れは、附着した瞬間に拭き取る。ほんの僅かのチリ、ほんの僅かな水滴、なども見逃さず、流し台の表面は常に鏡面の如き状態にしておく。

その結果、台所は恰もショウルームのような、いやさそれを通り越して精密機械工場のような、散乱物の一切ない、整然とした空間となる。

設備はすべて美しく最新型で、素材感、色合い、すべてにおいて調和がとれ、どこまでがキッチンでどこまでがリビングということなく、渾然一体《こんぜんいったい》となっている。その際、島型流し台、という方形の巨大な流し台が用いられることもある。

ここにおいて隠蔽思想と丸出し思想は合一する。

こうしたキッチンにおいては、調理にかかわるすべてを丸出しにしているとも言えるし、調理にかかわるすべてを隠蔽している、とも言えるからである。

こうしたキッチン・台所は、かつての独立した台所、すなわち、丸ごと隠蔽した台所、に比べれば、すべてが丸出しになっているのだから、一般的には丸出し思想と言えるだろう。

しかし、リフォーム理論の立場から言うとこれは隠蔽思想の究極の形態である。

なぜならこれは、丸出し、することによって、生活、を隠蔽していると言えるからである。

というわけで、人々は流し台周辺の、鬱陶しみ、を解決するために隠蔽思想に拠《よ》り、また、それを極限まで推し進めた丸出し思想を選び取る訳だが、その多くは失敗するか、中途半端に終わる。また一見、成功したかに見える丸出し思想も、リフォームという見地から見れば、常時、狂気したかのごとくに清掃しなければならない。あまりにもビカビカで、家庭に居りながらまったくリラックスできない、という不具合を抱えることになり、これを成功と呼ぶことはできない。

そんななか私はどのようにしたか。

私は、穏健な隠蔽思想。穏健な丸出し思想を適宜、組み合わせて採用した。

具体的にどうしたかというと、まずは隠蔽思想に則って、リビングダイニングキッチンの中央部、西側の壁に壁付けされた流し台を、北に移動、西側の壁に壁付けにした。流し台そのものは二〇〇七年のリフォームの際に交換済みであったので、そのまま使用することにした。

このことによって、流し台が中央にある鬱陶しみ、という問題を解決すると同時に、中央部は流し台の奥行きの分だけ東西に広がり、細長いダイニングキッチンで食事をする苦しみと悲しみ、がさらに軽減した。といって勿論、その分、移動した先の北側が東西に狭くなるが、北側から南側にかけて次第に、文学的に表現すれば、末広がりに、東西に広がるため、そのことはまったく気にならない。

そしてここに着目して欲しいのだが、私は北側に移動して壁付けにした。隠蔽思想に基づいて、この背面を化粧に仕上げた挙げ句、裏返しにして壁から離して設置し、その内面を余人に見せないようにする。という隠蔽技法を採用しなかったのである。

なぜか。

それは専ら私方の、東西方向に狭い、という事情により、仮にそうした場合、北側のほぼ中央の南北方向に流し台を設置することになり、そうなれば一体、なにからその内面を隠蔽しているのか判らなくなるからである。

だってそうだろう。その際、流し台の化粧に仕上げた表の部分が西であれ東であれ、そのスペースはきわめて狭小で、家の者や客が、そこでうち寛ぐということはまず考えられず、そこに人が居らなければ隠蔽する必要はなにもないからである。

私の言う、穏健な隠蔽思想とはこのようなもので、まず常識の範囲に留まるものである。というとなにを当たり前のことを言っているのだ。常識で考えるのが常識じゃないか。と言う仁があるかも知れない。しかし、リフォームは常に狂気の種子をはらんでおり、その種子は容易に芽吹き茂り、ともすれば狂気の密林にまで生長する。今般、紹介した、丸出しの極限、がその好例である。

そうならぬためにもリフォームのことを考える際、私たちはときどき自分の正気を確認する必要がある。リフォームにおいて穏健な思想・常識を失えば、狂気に陥って苦しむことになるのである。

そしてさて私はその考えに則り、南に拡張した結果、部屋の中央に位置することになった流し台を北に移動し壁付けに設置した。その結果、どうなったか。

実によい感じになった。

まず、当初の懸念、すなわち部屋の中央に流し台が位置することによって、その周辺に調味・調理に関連する膨大な雑物が散乱、部屋の中央にそうしたものがあることによる、鬱陶しみによって、頻りに身体の不調を訴えるようになり、また、幻聴幻覚に悩まされ、時折、譫言《うわごと》を発し、歩行もままならなくなって、廃人同様の有り様と成り果てて狂死断系する、という懸念は完全に払拭《ふっしょく》された。

そしてそのうえでよい効果があった。

というのは、北の壁に背を向けて立つと、そこがもっとも東西に狭い。というのは西の壁に流し台が設置してあるからであるが、おほほ、そこから南に行けばいくほど東西の壁が広くなっている。

というのは、真ン中、元々流し台のあったあたりは、北側と六畳東西の広さは変わらないのだが流し台の奥行きの分だけ広くなっている。そしてさらに南に視点を移すと、こんだ、廊下の方へ拡張した分だけ、東に広くなり、さらに南に行くと、こんだ、洗面脱衣室に拡張した分、東に広くなっており、また、トップライトや南の大きな掃き出し窓があるため、広がりのある方がより明るくなっており、このふたつの要素が相俟って、実際以上の空間的広がりを感じるようになったのであって、つまり、細長いダイニングキッチンで食事をする苦しみと悲しみ。ダイニングキッチンの寒さ及び暗さによる絶望と虚無、は完全かつ最終的に解決せられたのである。

それどころか、南に行くほど広がっている、つまり我が国民の多くがこれを慶び尊ぶ、末広がり、という概念が具現化したような形のリビングダイニングキッチンが実現せられたのであり、もはやこれは苦しみ、悲しみの解消ではなく、積極的な、よろこび、であり、トップライトから降り注ぐ光は栄光そのものである。

と、言いたいところなのであるが、残念ながらそこまでは言えない、具体的な事情があった。というのは、移動した流し台の南端に流し台の奥行きとほぼ同じ奥行きの袖壁が立ち、また、その向こうは勝手口で、約八十センチ×八十センチの混凝土土間、所謂ところの三和土があり、そを隔てて、流し台南端の袖壁と平行してそれよりやや長い袖壁が立つからである。

ということは、北に立ち南を見るとき、この袖壁が視界を遮り、広がりと奥行きを十分に感ぜられない、ということで、それが、リフォームの結果を、苦しみの解消、にとどめているのである。

だったら撤去すりゃあいいじゃねぇか。それこそがリフォームの骨頂だろうが。と烏骨鶏《うこっけい》の卵を食べながら、口の周りを卵とケチャップだらけにして呟く人があるかも知れない。

けれども思い出して欲しい。家屋が設計という夢から生じた現実であることを。設計という夢が成り立たないとき、現実の家屋は倒壊するという過酷な、それこそ「現実」を。

ここに袖壁がなければ、南北に長い長い無柱状態が生じてしまう。その状態に夢幻理論が無効であるのはこれまでに見たとおりで、つまり袖壁はどうしたって撤去できない。

そのとき私たちはこれにどう対処すべきか。

諦める。というのはひとつの賢いやり方で、私たちはときに諦めるべきである。

諦めないで頑張る。ということをまるで美徳のように言い触らす人がいる。そこらの芋兄ちゃんやフラッパーが言っているのであればマアよいのだけれども、学校教師など指導的立場にある人や、成功して地位や富を得た著名人、とりわけ後者がこういうことを言う場合は厄介である。

こういう人がテレビジョンとか雑誌のインタビュー、或いは、ソーシャル・ネットワークとかで、「諦めないで頑張ることが大事だ。現に私は何度も挫折したが諦めないで頑張った結果、現在の地位を得た」などと言うのは実に困ったことで、なぜかと言うと、そうしたことを言っている当人の顔を見ると、光り輝くような美男美女であったり、或いは、話を聞くだに、並外れて頭がよいことが知れたり、そうでなくとも、なにがしか衆に秀でた部分が必ずあり、つまり、諦めないで頑張って、その努力が報われるのは、そうして、なにかしら他に優れた才能や技量を持っている人に限られるからである。

ところが、その前提の部分は殆ど語られず、そのこと、すなわち、諦めずに頑張るのは美徳である。ということが万人にとっての真理であるかのように語られるのである。

もちろんそれは誤りで、正しくは、諦めずに頑張るのは一部の人にとって美徳である。と言うべきなのである。

それを言わぬものだから、貧弱な体型の虚弱な若者が夢を諦めないで格闘家を目指したり、どう見ても無理でしょう、という感じの顔と身体つきのお嬢さんが映画スタアを目指すなどしてしまうのである。

それが人生の時間の無駄使いであるとは私は思わない。ただ、いまの世の中は世知辛い、グローバル化した世の中で、うまく、ということはつまり効率的に立ち回った者がより多くの利得を得る仕組みになっていて、諦めないで無駄な努力をしている間に、座るべき椅子がなくなっている可能性がある。ならば最初から夢を諦めて、人生の時間を最大の利得が得られるように使う、すなわち、簿記を習うとか、日傭《ひようと》取りをするとか、エクササイズをするとか、そうしたことをした方が、より利得を得られる。

ということをリフォーム論にあてはめるとどうなるかというと、六畳と四畳半と三畳の三間よりなる狭小な住宅をリフォームすることにより、宏壮な邸宅の如くにしたいと夢み、あれこれしたり、純和風の家を洋館の如くにしたいと念願して各所をいじくりまわすなどした結果、やればやるほどおかしげなことになり、不便かつ奇怪かつ珍妙かつ危険きわまりない家屋と成り果てて、しまいには腐朽倒壊に到る、ということになる。

そういうことにならないためにも、どこかで諦める、というのは賢明な人間の決断である。

しかし、難しいのはどの時点で諦めるか、ということで、この、諦め、という考えを追求していくと、「ほほほ。リフォームなどというものは所詮、叶わぬ夢。やればやるほど不具合の出るもの。ならば初手からやらぬがよい。金の節約にもなるし、なによりecoだよ」ということになる。そしてこの考えをさらに推し進めると、「人間はどうせ死ぬのだから頑張って生きたら頑張った分だけ損というもの。ならばいま死んでしまった方がよほど楽だよ。そしてなによりeco。そう、地球環境のために一番よいのは人類が滅亡することだ。ecoを説く者、すべからく死すべし」と言って縊《くび》れて死ぬことになる。

つまり諦めの線引きを誤ると人は容易に虚無・退嬰《たいえい》に陥る。

じゃあどうすればよいのか。諦めずに頑張れば利得を得ることができず、諦めれば虚無・退嬰に陥る。

それに対する回答を私は既に理論として示している。そう。以前に申し上げた、不具合を解消しようとするも解消しきれず生じるであろう不具合を解消することによって最初の不具合は完全に解消できなかったがけれども生ずる不具合というのは考えてみればいまも生じている不具合でそれがなくなるだけでも御の字やんけ理論である。

あのとき私は○・九メートルの出っ張りという不具合を物入れ及び犬の窖とすることによって、見事に解消した。諦めの程度とはつまりそういうことなのである。この理論を私たちはいま、諦めのポイント、という論点をつきつめることによってさらに発展させることができる。

どういうことか。説明しよう。あることを諦めること。それは、マア、諦めである。ただし、かつて〇・九メートルを諦めることによって、別に諦めていたことを解消することができた。ということはどういうことなのだろうか。そう。ひとつのことを諦めるということは別のことを諦めないということなのだ。

つまり諦めるポイントは複数あるということで、モデルやタレントにスカウトされたくて着飾って町を出歩く、ということを諦める。ということはひとつのポイントでは諦めではあるが、気が狂うほど勉強して公認会計士の資格を取る、というポイントでは諦めていない、ということで、というか、逆に着飾る時間、無駄に出歩く時間を勉強の時間に充てることができるという意味においては、諦めではなく、頑張りである、と言えるのである。

私はこれをリフォームにおける無限ポイント因縁理論と名付けたい。

何度も同じことを言って申し訳ないが、かつて〇・九メートルの出っ張りを、出っ張りというポイントでは諦めつつ、収納・窖というポイントを諦めずに頑張った。

ひとつのことを諦めることは、これに因縁する他の無限のポイントを諦めないということなのである。

勿論、この袖壁にも、この無限ポイント因縁理論を援用することができる。

さあ、私は袖壁の諦めをどのようなポイントに因縁したであろうか。この袖壁を利用して歯科衛生士の資格を取得したのか。ばはははは。冗談はよし子さん。そんなことはできないし、また、する意味もない。

私はこの袖壁のうち、より南方に位置する袖壁を使い、間仕切り、を設置した。

というと、あばばばばば、なんという奴阿呆なことを。そなんなことをしたら、折角の広々とした空間が玉無しになっちゃうやんかいさ。と、心配する方が出てくるであろうが、申し訳ない、それは取り越し苦労である。

なぜなら私が拵えた間仕切りは通常の、空間を完全に仕切ってしまうような間仕切りではなく、仕切りつつも、けれども完全には仕切らない、という感じの間仕切りであったからである。

というと人はどういった間仕切りを想像・想起するであろうか。

半透明の間仕切り。上半分、もしくは、下半分がイケイケの間仕切り。もしくはスイングドアーの如きを間仕切りと為した間仕切り。といったところか。おほほほ、いずれも否である。

ではどんな間仕切りなのか。一にそれは二枚の引き戸である。二にそれは格子戸である。三にその二枚の引き戸は引いたとき完全に袖壁と重なる形になっている。

このことによって空間を完全に仕切らないで曖昧に仕切る間仕切りが実現した。

その具体的な構造や効能について申し上げると、

グリッドグリッドグリッドグリッドグリッドグリッドグリッド

えーん、えーん、えーん。おっさん、御小便ちびっちゃったわ。pretty かしら。

グリッドグリッドグリッドグリッドグリッドグリッドグリッド

という構造になる。以下、詳しくご説明、申し上げよう。

引き戸はいまも言うように格子戸である。

私事で恐縮であるが、過日、京都に行って帰ってきた。といって遊楽目的で出掛けたのではなく、仕事で参ったのであるが、その帰途、新幹線に座って頭のなかの暗闇を凝視していると、突如として、小柳ルミ子という女性が四十年くらい前に歌っていた、「京のにわか雨」という歌の文句の、「私には傘もない　抱きよせる人もない　ひとりぼっち泣きながらがす　京都の町に」という部分が頭のなかにエンドレスで流れた。その小柳ルミ子という女性は、「私の城下町」という歌も歌っていて、その歌の歌い出しは、「格子戸をくぐりぬけ見あげる夕焼けの空に」という文句であるが、私の言う格子戸と、この格子戸はほぼ同じものであるように思う。

格子戸。すなわち、格子状になった戸のことである。私がグリッドグリッドグリッドグリッドといったのはそういうことで、私方の格子戸は畳一枚より少し大きいくらいの矩形の太枠に、細い木を縦と横に組み込んである。

さあ、そこで、えーん、えーん、えーん、おっさん、御小便ちびっちゃったわ。pretty かしら。ということがどういうことなのかを説明すると、まずはここに書かれたことを端的なイメージとして捉《とら》まえて貰いたい。

　えーん、えーん、えーん。というのは泣き声である。そんな風に声を放って泣いているのだから、三歳かそれくらいの子供なのかな、と思ったら、自らおっさんと名乗っているので、五十歳かそれくらいの男である。そんな大僧がまるで子供のように声を放って泣いているのだからよほどのことがあったのかなと、普通は思う。しかるに、よく聞くとこのおっさんは、小便を漏らしてしまった、と言って泣いているのであった。しかもどこまで甘えているのだろうか、自分の小便のことを、御小便、などと言っている。そしてその後にprettyかしら、と言っている。御小便を漏らした自分は他から見たら可愛く見えるのではないだろうか、と言っているのである。

　さて、実際に自分の身の回りにこんなおっさんがいたらどうするだろうか。当然のことながら知人であれば絶交するし、上司なら離職、部下なら解雇するだろう。親戚であれば絶縁する。兄弟であれば義絶、夫であれば離縁、子であれば勘当するだろう。或いは座敷牢に押し込める。隔離病棟にぶち込む。間が悪ければ殺害してしまうことだってあるかも知れない。だってそうだろう、五十にもなって、小便を漏らし、えーん、えーん、えーん。などと泣き、剰《あまつさ》え、そんな自分を、可愛い、と思っているのだ。醜悪としか言いようがない。

　つまり人間は、醜悪なもの、見苦しいものを見ると、これを目の前から消してしまいたいと考えるのである。

　そしてさて家屋においては、どうかというと、これまで見てきたように、見苦しいものは、基本的には隠蔽主義をもってこれに対処する。

　私方においても、これまで見てきたようにかなりな鬱陶しみのある流し台の問題やなんかについて、穏健な丸出し主義、穏健な隠蔽主義を組み合わせて対処してきたのである。ただし、御小便おっさんと違って完全に目の前から見えなくするわけには参らぬのは、御小便のおっさんがただただ気色悪いだけで実際にはなんの役にも立たぬのと違ってキッチンは、日々これを頻繁に使用するスペースだからである。

　だから隠蔽のための壁をたてたうえでそこにドアーや戸を付けてこれに出入りできるようにする。

　ただし、いくらキッチンが鬱陶しいからといって、六畳間に壁を建てて、キッチンスペースとリビングスペースを分離すれば、狭苦しさのあまりどちらにも不都合が生じる。

　そこで私は中央部にあった流し台を北に移設するに留めるという穏健な措置に留め、それによってかなりの効果を得ることができた。

　だったらそれでよいようなものであるが、広がりの観点から袖壁の問題が生じたので、私はこのポイントを因縁させることによって流し台周辺の鬱陶しみをさらに軽減させようと思ったのだ。

　つまり空間の広がりを阻害する袖壁というポイントを鬱陶しみの軽減というポイントに因縁させるという訳で、その際に私は格子戸というものを採用したわけである。

　つまり戸を立てれば独立性は高まるものの、風と光は通らず、そこは狭く暗いスペースとなり、これまで苦心してきた空間の広がりがなくなってしまう。しかし、格子戸を採用することによって、その懸念は完全に払拭された。

この格子戸を完全に閉めると、キッチンとリビングの境界部分は、三分の一が白い袖壁、三分の二が二枚の引き戸で仕切られる。

その際、リビングの側からキッチンを見ると、その向こうに空間が広がっていることはわかるのだが、その細部は見えなくなり、光を反射する銀のポットや白い家電製品の横腹が反射する光がボンヤリと見えるばかりになる。

なぜそうなるかというと、キッチン部分には西側の壁の流し台のうえに横長の高窓があるだけで暗いのに比し、南側リビングには南のもっとも東西に広がった部分に大きな掃き出し窓があるからで、これによって、雑多なものがところ狭し、と置いてあるキッチンの鬱陶しみがまったく感じられなくなるのである。

しかし、その向こうに空間が広がっていることは感じられるので、狭苦しく感じることはまったくない。また、これが通常の引き戸であれば夏など、風が通らず空調設備をフル稼働させる必要が生じるが、いまも言うように格子戸は風を通すので締め切っていても開放時と同じくらいに風が通るのである。

このように、グリッドグリッドグリッドグリッド。つまり格子戸の向こうに、御小便のおっさん、が居たとしても、グリッドグリッドグリッドグリッドのこちら側ではそれを意識することなく、快適な生活を営むことができるという訳である（もちろん実際上はそんなバカなことはないだろうが……）。

つまりいま一度、整理すると、流し台の移設によってキッチンの鬱陶しみという不具合が解消された。そのことによって袖壁による狭苦しみという不具合が生じた。その不具合を格子戸に因縁づけることによって、鬱陶しみをさらに解消すると同時に、苦しみであるはずの袖壁に積極的な意味を付与することによって袖壁による狭苦しみという不具合を解消した。

これがすなわちリフォームにおける無限ポイント因縁理論である。かなり高度な理論で、下手にこれを用いると永久リフォーム論に陥ってしまう恐れがあるので、実践においてはよくよく研究することを望む。ポイントは、悪因縁に陥らぬようにすることで、悪因縁に陥ったと思ったら、その時点で未練を断ち切り、それ以上の不具合の解消を諦めることである。悪因縁をズルズルといつまでも引き摺って、気がついたら地獄に居た、というようなことにだけはならないでいただきたい。

さて、という訳で私は、私方の、

人と寝食を共にしたい居場所がない二頭の大型犬の痛苦。
人を怖がる猫六頭の住む茶室・物置小屋、連絡通路の傷みによる逃亡と倒壊の懸念。
細長いダイニングキッチンで食事をする苦しみと悲しみ。
ダイニングキッチンの寒さ及び暗さによる絶望と虚無。

という四つの問題を解消し、その過程で生じた、

流し台が部屋のど真ん中にあることによる鬱陶しみ。

という問題もまた解消した。それにあたって私は、

夢幻理論
御の字やんけ理論
夢幻ポイント因縁理論

の三つの理論を用いた。各自、各々の実情に合わせて、よくよく吟味研究されるがよろしかろう。

さて、これで私方の問題はほぼすべて解消したが、私はこれに満足せず、もっと解消したいような気分になった。これこそがあの恐るべき永久リフォーム論である。

私はこれまで何度も本稿でその恐ろしさについて説いてきた。したがって私はそれが永久リフォーム論であることを理解していた。

にもかかわらず、私はそれをやめることができなかった。

頭では理解できていても、身体が勝手にリフォームしてしまうのだ。これは理性でどうにかなるものではなく、医師の治療を要することなのかも知れない。

リフォームやめますか。人間やめますか。

はい。人間やめます。すみませんでした。

私は頭のなかでそんな問答をしていた。そんな問答をしながら私はどんなリフォームをしたのだろうか。私はさらなる空間の広がりを求め、掃き出し窓の外に二十畳大のウッドデッキを拵えたのである。

このことによってリビングからそのまま戸外に出ることができ、ちょっとした工作をしたり、干し物を干したり、或いは庭木を眺めながら酒を飲んだり、友人を招ぎ、小宴を張ったりすることができる、と考えた。俗に言う、アウトドアリビング、というやつで、この室外の空間があることによって室内の空間は倍以上も広く感じられるのである。

そしてその結果、どうなったか。もちろんそれが永久リフォーム論である以上、私は破滅するはずであった。

ところがいかなる僥倖《ぎょうこう》ならん、私は破滅しなかった。それどころか、アウトドアリビングはけっこういい感じに仕上がった。なぜそうなったかは私にはわからない。おそらくは神変不可思議、神仏のたすけがこの凡俗の身の上に働いたのだろう。或いは因縁理論と夢幻理論の同時使用がこうした現象をもたらすのか。

とまれ、かくして私方の不具合はすべて解消した。

次に、いよいよこれらの工事がどのように進行したかを実際の状態を表しながらドキュメンタリイの技法を用いるなどして時系列に沿って明らかにしていく。いよいよ私方のリフォームについて述べていくという訳だが、この場合、述べていこう、という言い方と、陳《の》べていこう、という言い方があるが、まあ、どちらも同じような意味の具合をその言葉のうちらに包含している。なので、どちらを使ってもよいのであるが、一方を使ったことによって後々、文章に不具合が出てくるかも知れず、これを修正するのが推敲《すいこう》である。

ということを家屋で言うなれば、畳もフローリングもクッションフロアーもカーペットも、みな床と言えば床である。なのでどれを使ってもよいのであるが、例えば畳にしたことによって後々、不具合が生じるかも知れず、これを修正するのがリフォームであるということはこれまで何度も申し上げてきたところである。

そしてその不具合についても右に申し上げた。

その不具合を解消しようと私が思い立ったのは二〇〇八年の八月のことである。

そのために私はどんな行動をとったか。私はかつて二〇〇六年の九月にリフォームを依頼した工務店に連絡を取った。名前がないと話を進めにくいので、私の家の南方にあるその工務店の名前を、「南野工務店」としよう。いや、ちょっと親しみやすい感じにするために、「南の工務店」ということにしようか。いや、いっそ、「みんなの工務店」ということにしようか。いや、それだと逆に白い感じがするので、「みなみの工務店」とするとなんのことかわからないので、「美奈美乃工務店」ということにしよう。意味は、美奈さんと美乃さんというふたりの美しい女性がふとしたことから工務店を営むことになった、みたいなそんなイメージを抱いて貰えるとうれしい。

　美奈美乃工務店の私の担当者は、U羅君という若い男性だった。これは私にとってよかったことで、なぜかというと、工務店の担当者と施主を比べると、彼は玄人で我は素人であり、玄人から見ると素人の意見や希望はときに突飛である。

　例えば、「私は仕事から家に帰るとすぐに風呂に入りたい質なので玄関と風呂を一体化させたような構造にしてくれ。ただしその際、プライバシーは完全に守られるようにしてほしい」とか、「一階と二階を逆転させてその間に中三階を拵えて、地下にサンルームを作ってくれ」とか、「キッチンに回転寿司と流し素麵。これだけは絶対に譲れない」といった無茶を素人は当たり前のように言ってくる。

　当然、経験を積んだ工務店の担当者は、「そんなことはできません」と言うのだけれども、若い人であれば、経験は少ないけれども、その分、発想に柔軟性があるので、その突飛な発想をなんとかして実現できないだろうか、と考える。

　そのよい例が以前に申し上げた、私方の二〇〇六年九月のリフォームにおける、猫の連絡通路、で、そのとき私は、南側の、茶室の躙り口から七十センチほど離れて建つ、二畳の物置小屋と茶室の間に、二十×七十センチの板四枚を打ち付けて作った管を取り付けて連絡通路となした。猫の通交の便のためにそんなことをしたのであるが、現地で私がその構想を話したとき、ベテランの大工は露骨に嫌な顔をし、「そんな馬鹿なことはできない」と言って嫌がった。その嫌がる老練の大工を説得して連絡通路を完成にまで持っていったのが、他ならぬU羅君である。

しかしこのとき担当者が大工と同じく年配の人だったとしたらどうなるだろうか。おそらく大工と同じく嫌な顔をして、そんな工事はやりたくない、とは言わぬにしても、費用面、技術面の問題点を指摘して、工事中止の方向に持っていっただろう。

そういう訳で、真に不具合を解消して、住みよい家を実現しようとするならば、工務店の担当者は若い方がよいのである。

というわけで二〇〇八年八月、私は美奈美乃工務店の若い担当者、U羅君に連絡を取ったのであるが、さて、先ほどから私はU羅君のことを、担当者、担当者と呼んでいるが、実はそれは私の側からの呼び方に過ぎぬのであって、工務店内、或いは、作業現場内で、U羅君は別の名前、すなわち、監督、と呼ばれていた。

監督、すなわち、現場監督の略で、なにをする人かというと、現場のすべてを管理・監督し、スケジュールを調整し、また、依頼者との交渉に当たる人でもある。

というと、すべてを統括する総合プロデューサーで、結構、偉い人、のように聞こえるが、実際の現場監督はそんなことはなく、老練の大工を初めとする職人たちにきついことも言えず、ときに、へぇへぇしているように見えることもある。

なぜそんなことになるかというと、実際に家を建てる、或いは、リフォームの場合で言えば、不具合を修正する、のは職人であり、その職人が臍《へそ》を曲げてしまえば、作業が進まなくなってしまうからである。

というとエコノミストみたいな人は、「だったらその職人をやめさせて別の職人を雇えばよいではないか。現今の有効求人倍率をみればそれは十分に可能なはずである」と言うだろうが、しかし、それは現場監督にとって机上の空論に過ぎない。

なぜなら現場監督にとって現場とは、いまこの瞬間も存在し、進行している現の場で、その現の進行を一瞬たりとも止めることができないからである。

具体的に言うと、例えば老練の大工が、「オレはこんな珍奇な仕事はやりたくない」と機嫌を悪くしたので、エコノミストの言に従って、これを首にして、別の大工を雇おうとしたとしたら、どうなるだろうか。

当然、その瞬間から工事が停まる。しかし、翌日のスケジュールは既に組んであり、翌日に来る別の職人たとえば電気屋は、前日に大工が仕事を終わらせていなければ作業を進めることができない。また、翌々日はクロス屋が来ることになっているのだが、そのクロス屋は電気屋が仕事を終わらせることを前提に作業を進めることになっているので、翌々日の工事もできず、日程が後ろに行けば行くほどその波及効果が大きくなるのは、恰も、高速道路において先頭の車が僅かにブレーキを踏んだ、その影響が、後ろに行けば行くほど大きくなり、大渋滞を発生させるのに酷似している。

或いは、現の場、という意味では、現場監督は舞台の演出家に似ているかも知れない。

工事が始まるということは芝居が始まる、ということで、いったん幕が開いてしまえば、どんなことがあってもその時間を止めることはできない。なにが起きても演劇の時間は容赦なく進む。つまり老練の大工が現場から帰ってしまうというのは、舞台本番中に主役が突然、いなくなってしまうのと同じことで、その後のドラマが一切、成立しなくなってしまうのである。

しかも、現場監督は演出家よりもさらに過酷な状況に置かれている。

なぜなら、演出家がふたつの舞台を同時に演出することはまずないが、大抵の現場監督は、複数の現場を抱えており、ということはつまり、複数の舞台を同時に進めなければならないのと同じことだからである。

それでも、それぞれに俳優がいて、演技をしているのであれば、まだなんとかなるかもしれないが、一部の職人は複数の現場を掛け持ちしている、つまり、甲の舞台で台詞《せりふ》を言った後、大慌てで、乙という劇場に走って行き、そこでまた違う芝居に出演し、さらに丙という劇場に移動して演技をし、また、甲に戻ってフィナーレに登場する、というようなことをやっているのであり、ということは、三つの芝居が完全にシンクロしながら進行していなければ、芝居がグチャグチャになり、意味不明な不条理劇になってしまうということで、現場監督はそうならないために細心の注意を払う必要があるのである。

そんな訳で、現場監督は簡単に職人を首にすることはできず、老練の大工などには迎合的な態度をとらざるを得ないのである。

というわけで現場監督というのは、大変に過酷な状況で仕事をしているのであるが、現場監督の話をしたついでに、どのような人たちによって現場が構成されるのか、そのメンバーについて説明をしておくことにしよう。

なぜなら、それを知ることによって、リフォームの実際をより深く知ることができる、と思うからである。

まず、いまも言ったように、現場には現場監督という人が居て、この現場監督がすべてを統括する。

すべてと言っても漠然としているが、本当にすべてである。いま言った現場のスケジュール調整、職人の手配、資機材の手配、役所への届け出、依頼者との打ち合わせ、近隣へのご挨拶、点検・整備、安全の確保その他、一切を取り仕切るのが、この現場監督である。

この現場監督が、各パートに仕事を割り振ることによって現場が進んでいく。現場にどのようなパートがあるかというと、まずなんといっても大工という人たちがいる。木材を切断、加工し、これらを継ぎ合わせたり、張ったり、することによって家の根本を拵えるもっとも重要かつ中心的なパートである。大工は土台を造り、柱を立て、屋根の下地を造り、壁を立て、窓や出入り口の枠組みを作る。階段を作ったり、床の間や押し入れを作ったり、回り縁や長押《なげし》を取り付けたりするのも大工である。

しかし大工だけですべてが成り立つわけではない。例えば、いまも言ったように大工は、出入り口の枠組みを作るが、出入り口そのもの、つまりドアーや襖、障子などは作らない。ではは誰がそれを作るのかというと、建具屋がこれを拵えて取り付ける。建具屋はそれ以外にも、門とかそういったものも取り付ける。和室の欄間やなんかも建具屋が取り付けるのである。私方で言うと、おっさんのお小便のグリッドは建具屋さんが拵え取り付けてくれた。

建具屋とは別に表具屋という人たちもいる。どういうことかというと、襖や障子の表面には襖紙、障子紙、つまりは紙が貼ってある訳だが、この紙を綺麗に貼る人たちを表具屋という。表具屋は屏風や掛け軸なんかも扱う。

大工の造った開口部にドアーや襖を取り付けるのは建具屋であるが、窓を取り付けるのはまた別で、これを取り付けるのは、ガラス屋である。ガラス職人はレゲエ的な人が多いという説があるが嘘であろう。

大工の張った床に畳を敷くのは畳屋である。私は若い頃、ある畳屋の青年と親しく話したことがあるが極度に実直な男だった。話しつつ、ふと彼のベルトのバックルを見ると、バックルに大きく、畳、という文字が刻んであった。また、日頃から畳を運んでいるからだろう、小柄な彼の二の腕は私の太腿より太かった。

大工の張った屋根の下地板に瓦などの屋根材を葺《ふ》くのは屋根屋である。私方のリフォーム工事を行っている際、たまたま隣家では屋根のリフォーム工事を行っていたが、私はその人たちをよく観察できなかった。

その他、内外の壁を塗るのは左官屋、木部その他を塗る塗装屋、コンセントや照明の配線をするなど電気工事全般を担当する電気屋、流し台やエアコンといった個々の設備をそれぞれ取り付ける設備屋さん。フェンスやガレージなどエクステリア全般を受け持つ外構屋、最終的に家を掃除する掃除屋などがある。

依頼主、すなわち素人の横目での観察なので職掌や呼称に誤りがあり、また脱落があるかも知れないが、現場は、概ねこうした人たちによって構成され、各人が緊密に連携、恰も俳優が出番になると舞台に現れるがごとく現場に現れ、作業をし、退場する、といったことが繰り返され、リフォーム工事は進んでいくのである。


さてそのうえで実際のリフォームがどのように進んでいくか、その手順について私を主語として話していこうと考えるのだが、その前にもうひとつだけ、一般的な話をしておきたい。

というのは、そもそもリフォームをどこに依頼するか、という話で、先に、私は美奈美乃工務店に電話をかけ、U羅君という若い担当者がやってきたという話をした。つまり私は工務店にリフォームを依頼した訳だが、では工務店というのがどこにあるのか、どのように話を持ちかければよいのか、工務店にもよい工務店と悪い工務店があるはずだが、どうやってそれを見分ければよいのか。悪い工務店に依頼をするとリフォーム詐欺の被害者になるのではないか。といった疑問、心配・不安をお感じになる方が多いのではないか、と思うからである。

なぜそう思うかというと、私自身がそう思うからで、往来を歩いていると時々、工務店の前を通ることがあるが、コンビニエンスストアー、ケータイショップ、キャバクラ、百均などと比べると、どこかとっつきにくい、というか気軽に入っていけない雰囲気があり、なじみのない人間がいきなりリフォームを依頼するなどすれば、体《てい》よく断られるか、或いは、たばかられて大金を払わされるに決まっている、という先入観を抱いてしまうのである。

　では人はどうやって工務店と接触するのだろうか。つなぎをつけるのだろうか。必殺仕事人に仕事を頼む場合、お堂のようなところに行って指定された方法で絵馬に仕事内容を書くと後日、先方から連絡があるのだが、この場合もやはりそうした連絡方法があるのだろうか。

　実はそんなものはない。ただただ工務店に電話をかけるのみで、そうすると、誰かが必ず電話に出る。その相手に向かって、修正して欲しい不具合を告げればよい、それだけである。ただ、問題はその時点で、その工務店がどんな工務店かわからない、という点で、ひとくちに工務店といって、いろんな工務店がある訳だし、それぞれの得意分野も違う。

　ならばなるべくよい、というのはすなわち、こちらの要望をよく聞いて、その要望に沿ったプランを提示してくれて、そのうえで価格も普通か、普通よりちょっと高いか安いかくらいで、工事が上手な工務店を選びたい。

　そういう工務店を選ぶためにはどうすればよいか。それは簡単な話で、右に申し上げた四条件、すなわち、

一、こちらの要望をよく聞いてくれること
二、その要望に沿った具体的なプランを提示してくれること
三、価格が普通かそれよりちょっと高いか安いかの範囲に収まっていること

四、工事が上手なこと

の四条件を満たす工務店を選べばよいのである。

しかし、それをどうやって見極めればよいのであろうか。実はそれも簡単で、例えば、最初に電話をかけた段階で、「あああああっ。俺は星が見たいんだあっ。牛も見たいんだアッ。俺は本当は歌手になりたかった。アッアッアッ、熱々のチャーハン」などと喚き散らして、人の話を碌《ろく》に聞かない場合、言うまでもなく、条件一、を満たしていないということになる。また、電話に出た人がまともな人でも、その後、やってきた担当者が人の話を聞かない人であれば、これも条件一を満たしていないということになる。

「ここに棚がほしいんです。それから、門扉がぐらぐらになっているので直してほしいんですね。あと、壁紙を明るい感じにしたい」

「わかりました。チャーシューですね。ポテトはいかがですか？」

といったような人だと困りまくるので、その時点で駄目だと判断することができる。

ただし、この見極めの際に注意すべき点がひとつあって、それはやってきた担当者が誰か、すなわちどんな立場の人物か、ということで、実際に現場を取り仕切る現場監督であれば問題はないのだけれども、それが営業マンであった場合、この見極めは成り立たない。

なんとなれば、営業マンというのは注文をとるのが仕事なので、そのために人の話を聞き過ぎるほど聞く。何気なく、ここに棚がほしい、と呟くや、

「棚でございますね。かしこまりました。生きていて棚ほど便利なものはありませんからね。私なンども日頃から女房に、死ぬまでにひとつでいいから棚がほしい、とせがまれてますが、なかなか私どものようなものにとって棚なんて、あーた、夢のまた夢でございます。それで棚ですが、いくつお取り付けいたしましょうか。五十ですか？　百ですか？　えええええええええっ？　ひとつでおよろしいんですか？　そーれでございましたらもう、ええ、すぐに手配できますでございます」

なんて言い、さも誠実に人の話を聞いているという感じでこれをメモする。

ところがいざ工事が始まってみると、いつまで経っても棚がつかず、いったいどうなっているのだ、と現場の担当者に尋ねると、「えええええっ？　棚ぁ？　ぜんぜん聞いてませんよ。っていうか、いまからじゃ無理ですよ。いまから棚をつけるんだったら、できあがった壁をこわさなきゃならない。あああっ、なんてこった。とりあえずポテトはいかがですか？」みたいな事態となる。

そこで営業マンを呼びつけ、「あれだけ言ったのにどうなってるんだ」と言ったところで、彼が工事をするわけではないから、どうにもならず、とりあえずやってきて平謝りに謝るが、工事は進んでしまっているので、謝られてもどうにもならず、結局、こっちが新たな時間と費用を負担することになるのである。

なので、営業マンが条件一をクリアーしたからといって、それを信用してはならない。

しかし仮にそれに気がつかなかったからといって即座にこっちが馬鹿を見るわけではない。

なぜなら次に、条件二、があるからである。

条件二。すなわち、こちらが出した要望に沿った具体的なプランを提示してくれること、という条件である。

どういうことかというと、家が寒いのでなんとかしてほしい、という要望をこちらが出したとする。それにはいくつか方法があるはずだが、それに対して、「じゃあ、一緒にストーブを買いに行きましょう」と工務店の人間が言ったとしたらそれは駄目な人間で、なんなればそんなことは素人でも即座に思いつくことだからである。

じゃあ、どういうプランを提示すべきかというと、工務店はまず、素人には思いつかないようなプランを複数、提示すべきである。

そしてこの場合、複数というのが大事なポイントで、例えば、寒いのであれば、床暖房、というプランもある。窓を二重にするというプランも考えられる。断熱材をよりよいものに替えるという手もある。南向きの採光をよくするというやり方もある。など、いくつかのプランを示し、そのなかから客が自分の好みにあったプランを選択できる、というのが重要なのである。

それを絶対にこれしかない、とひとつのプランしか提示しない場合は注意が肝要で、経験や技術が不足しているか、その商品をどうしても売りたいという可能性が高い。

右に言った営業マンは、そうした現場的な技術や経験がなく、売るための技術しか持ち合わせていないため、右に言ったようなプランの提示はおそらくできない。要望についても、根拠なく、「できます」と断言するか、或いは、「問い合わせてみます」と答えるしかない。と言うと、なにか営業マンの悪口を言っているように聞こえるかも知れぬが、そうではなく、どの担当者であっても、要望に対して複数のプランを出せなければ、わろし、と判断すべきなのである。

そのうえで次に、条件三、に進む。すなわち、価格が普通かそれよりちょっと高いか安いかの範囲に収まっていること、であるが、まずこの、価格、すなわち工事代金を、どうやって把握するかというと工務店から提出される、見積書、という文書によって細かく把握することができる。

どういうことかというと、こちらの要望、例えば、「棚をつけんかあ、ぼけ。門扉グラグラになっとんじゃ、あほんだら。壁紙、暗いんじゃ、なんとかせぇ、かす」という要望に対して、工務店が複数のプランを提示、こちらがそのなかからひとつを選び取った後、工務店が、それら工事のひとつひとつに対し、いくらかかるか。そして、総額でいくらかかるか、ということを細かく表にして出すのが見積書である。

その書式に特に定めはないと思われるが、一般的にはまず総額があり、次に各パートごとの金額が書いてあり、その次に、その各パートのさらに細かい項目について個別に金額と数量が記してあるのが一般的である。

その項目が細かければ細かいほどよい見積書といえ、逆に、項目別の数量と金額がなく、一式〇〇万円、としか書いていないのは怪しいと考えてよい。

といった感じで見積書が出るのだけれども、一般的には総額が安い方がよいに決まっている、と思われがちだが、そうでもないのは、安いには安い理由があり、高いには高い理由があるからで、極度に安い場合は、目に見えない部分に粗悪な材料を使っていたり、未熟な職人を使っていたりする場合があるし、極度に高い場合は、不必要な工事をしていたり、水増しをしていたりする場合があるのである。

つまり普通のことを普通にすれば、だいたい普通の価格になるのであって、スペシャルな感じがする場合は、まず疑ってかかった方がよい、という訳である。

しかし、ではその、普通、を知るためにはどうすればよいのか、という話になってくるが、ひとつのやり方として、アイミツ、すなわち、複数の業者に見積もりを依頼する、という方法がある。と言うと、「え？　そんな人を試すようなことをしていいの？　私たちを試みにあわせず、悪から救ってください、ってイエス様も言っておられますよ」と驚く人があるかも知れないが、大丈夫。見積もりに限っては、私たちは隣人、すなわち業者をいくら試しても誰にも怒られないという決まりがあるのである。

しかし、それには多くの業者に要望を伝えなければならない。その時間がもったいないし、精神的にも肉体的にも疲労する、と思う場合は、リフォーム雑誌やインターネットなどで、リフォーム工事における平均的な価格を調べたうえで比較するとよい。

そのようにして、次の条件四、工事が上手なこと、に進むわけであるが、この見極めはむずかしい。なぜならそれは工事が始まらないとわからないからで、ではどうすればよいかというと、その工務店が過去に手がけた事例を自社のウェブサイトなどで公開している場合はこれを参照し、また、もっともよいのは、その工務店に工事を依頼したことがある人に直接に、よかった点、悪かった点を聞くことである。

以上、四条件を満たす工務店に工事を依頼するところから、不具合の解消がスタートするのである。

さてでは、実際に私方の工事を請け負った美奈美乃工務店のU羅君はどうだっただろうか。いちいち考えていこう。

まずは、こちらの要望をよく聞くか、という点である。

U羅君は前も言ったように若かった。三十代前半ってところだが、見ようによっては二十代後半にも見えた。いや、しかしいくらなんでも二十代前半には見えなかった。しかし、稀にメチャクチャにおっさんくさい二十代前半もいるから、絶対にそうではないとは言い切れないし、どうしても二十五歳ということであれば、それはそれでしょうがないかな、という気がしないでもないのかなあ、と思う気持ちがあるような気もするのではないか、と思わないではなかった。ということはどういうことかというと、これも前に言ったが、そうやって若いということは発想が柔軟で人の話を割と聞く、ということである。

しかし、逆の場合もある。

というのは、いまの若い人は昔の人に比べて割と甘やかされて育っている。例えば学校教育などがそうで、体罰なんてものは無論、禁止だし、身体が傷つかなくても心が傷つけば同じこと、というので、精神を傷つけるようなことを先生や周りの大人が言えなくなっている。ということは、大人になるまで精神があまり傷つかない、ということである。

しかし、人間の精神というものは、人間の皮や骨と同じで、破れたり折れたりしても、やがて自然に治ってくる。そして、治ったときは以前より、太く強くなっている。

だから、何度も精神が傷つき、精神から血を流して、でもそれが治って復活する、ということを繰り返して大人になった人と、生まれてから一度も精神が傷ついたことがないまま、大人になってしまった人とでは精神の強さが違う。

ところがいまの若い人はそうして教育を受ける際も精神が傷つかないように配慮されているので精神が絶望的に弱く、傷つきやすい。ちょっとした誤りを指摘されただけで鬱病になり、面罵《めんば》なんてされた日にゃあ、夕方にはもう樹海にいる。

しかし、誰だって鬱病になりたくないし、死にたくもない。そこでどうするかというと、一番よいのは、勿論、精神を鍛えるとよいのだけれども、弱い精神のまま大人になってしまってから精神を鍛えるというのは、なかなかに難しく、山伏になって山を走り回り、滝に打たれる、禅寺に行って座禅修行する、戸塚ヨットスクールに入れて貰う、極道になって斬った張ったの世界に身を投じる、過激派組織に入れて貰う、などいくつか方法がないでもないが、いずれもリスクが高く、ときに死ぬこともあるので実践する人は少ない。

ではどうするかというと、精神が傷つかないように防御・防衛する。精神に分厚い鎧《よろい》を着せる。というのは具体的にどういうことかというと、例えば、自室に閉じこもって社会と接触しない。というのはひとつの防御・防衛である。人と接触するから人によって傷つけられるのであり、人と一切接触しなければ精神が傷つくことはない。究極の専守防衛、すなわち、引き籠もり、である。

或いは、そこまではしない。一応、世間を出歩くくらいのことはする。ただし、仕事はしない。なぜなら仕事という限り、そこには必ず銭金が絡んでくる。銭金が絡むと人間は必死になる。必死になった人間と人間がぶつかり合えば、精神が傷つくような事態が必ず起きる。なので仕事をしない。いわゆるところのニートである。

或いは、趣味に没入して、それ以外のことにはいっさい興味・関心を抱かず、同好の士とのみ交遊する。俗に言う御宅族。なんてのもあるし、それ以外にも、精神が傷つく可能性のあることはせず、万事に無関心で消極的な、冷笑的で虚無的な態度で通し、すべての事象を恰も、コンピュータのディスプレーに現れる情報を眺めるかのように等距離にとらえ、積極的に関係を持つこともせず、極力、当事者とならないようにする、といった分厚い鎧をまとうのである。

というのをリフォームの実際、要望を聞くかどうか、という条件に当てはめると、例えば顧客が、「ここに掃き出し窓をつけてほしい」と言ったとする。ところが、「ああ、なるほど。なるほど。窓あると明るくていいですよねー。ところであちらのリビングのどこかにシュークリーム置き場はつけなくていいですかね」などと一般論に紛らわしてメモもとらず、他の話をしてなかったことにする、なんて場合がある。なぜそんなことをいうかというと、その工事について知識がなく、いざやって失敗して批判されると精神が傷つくので、それを防止するために、その要望を聞かなかったことにするのである。

とは言うものの、客だって洒落や冗談で言っているわけではなく、必要があって言っているわけで、そのために大枚をはたくのだから簡単には引き下がらず、

「いや、シュークリーム置き場なんていらないんですよ。そこに、あなたが立っている、そのすぐ後ろに掃き出し窓をつけてほしい、とこう言ってるんです」

と、はきはきと、言葉を句切って言うだろう。しかし、精神に鎧をつけている若い人は傷つくと死ぬので言う。

「えええええええっ？　シュークリーム置き場いらないんですかあ？　わかりました。じゃあ、シュークリーム置き場なし、ってことで、ええっと、一応、見積もり作ってみます。ええ、大丈夫だと思いますよ、多分。まあ、毎日、シュークリーム食べるわけじゃないですからね。まあ、たまにですよ。お父さんが、子供たちに、ってシュークリーム買って帰ってくることがあるくらいでしょう。そんなとき、お父さんはどんなにか悲しいでしょうね。って、いうことはさておいて、ええっと、なんでしたっけ？　まきだし窓？　だし巻き窓？」

「掃き出し窓です」

「ああっ、掃き出し窓ですか。あんなのつけちゃうんですか」

「ええ。お願いします」

「マジですか」

「マジです」

「いまどき？」

「いまどきはつけちゃいけないんですか」

「いえいえいえいえいえいえいえいえ。別に法的には問題ないんですけど……」

「他になにか問題あるんですか」

「いや、別にないんですけどね、いや、ちょっと、ごめんなさい、びっくりしちゃって」

「なんでそんなにびっくりするんですか」

「だって、掃き出し、窓、つけるんですよね」

「ええ、そうですけど」

「あーあ、そうですか。いまどきねぇ。あるかなあ」

「ちょっと、ちょっとなんですか。あるかなあ、って」

「いや、じゃ、もう、はっきりいいますけど、いまどき掃き出し窓っていうのは、もうほとんどつける方はないと思うんですけどね」

「そんなことないですよ。いくらでもありますよ」

「でもそれって、ＯＥＣＤ加盟国じゃないでしょ」

「日本の話ですよ。この近所でもいくらでもつけてる家ありますよ。っていうか、別に途上国仕様でもなんでもいいですよ。誰もつけてなくても。私は掃き出し窓が必要なんです。なにがどうあってもつけてください」

「わっかりました。でも、いいんですか。本当に。そうですか。じゃあ、ちょっと見させてください」

そう言って彼は、暫くの間、仔細たらしく巻き尺で寸法を測ったり、壁をコツコツ叩いたりするが、やがて、「あれ？」と言って、壁を撫でるようにしたり、懐中電灯で天井を照らしたり、電卓をぼつぼつ叩いたりして、そして、「そうかー」と長嘆息する。

「どうかしたんですか」

「いやね、ちょっと見さして貰ったんですけどね、ここの壁、権現造《ごんげんづく》りなんですよ」

「なんすか。その権現造り、って」

「いやだから、壁全体が涅槃《ねはん》支えになってましてね、それを撞木《しゅもく》で受けるっていう特殊な構造になってるんですよ。だもんで、ここに窓をつけると、撞木がもたなくなるんですよね。罪業の重さでしなってきちゃうんですよね」

「そうすっと、どうなるんですかね」

「家が壊れます。まあ、すぐには壊れないけれども、震度2弱で倒壊するでしょう」

「あちゃあ、じゃあ、無理か」

というような遣り取りの挙げ句、結局、掃き出し窓はつかない、ということになる。つまり、聞かなかったことにしてスルーするので、施主はなおも食い下がるのだが、それが恰も時代遅れで非合理な工事であると言ったり、施主にはわからない専門的なことを言って、その工事の見積もりを出さない、なんてことも心に分厚い鎧を着込んだ若い者はやるのである。

となると当然、条件二、要望に沿った具体的なプランを提示すること、というのも難しくなってくる。というのは、そりゃそうだ。最初から要望を聞かないうえ、自分が不得意なことをやって失敗して心が傷つくのが嫌なので得意なことしかやりたがらないのだから。なので、「じゃあ、掃き出し窓は無理としても小さい窓ならつけられますかね」

「いやー、無理ですね。小さくても震度2強で倒壊ですね」

「困ったな。じゃ、どうすればいいですかね」

「じゃあ、いっそここに、ちょっと可愛い感じのシュークリーム置き場作っちゃったらどうですかね」

「だから、シュークリーム置き場いらねっつの」

なんてことになる。

という極端な例は、さすがに現実には少ないが、しかしこれに近いことはあるように思う。面倒くさくて金にならないことはおっさんでもやりたくない。しかし、若い人の場合、これに精神が絡んでくるため、面倒くさくなくてムチャクチャ金になっても、自分の精神が傷つく可能性があると、右のような技法でこれをやらないでおこうとするため注意が肝要なのである。

さて、私方にやってきた若い現場監督、U羅君はどうであっただろうか。U羅君は若く、背が高く、また、なかなかのハンサムであった。

ハンサムということはどういうことか。それは女にチヤホヤされるということである。人間というものはチヤホヤされるとどうしても精神が弱くなる。

と、考えると、U羅君は精神が弱く、掃き出し窓とかはつけて貰えなくなる可能性がある。そこを見極めなければならない。

そう思いつつ私は愛想よくU羅君に単刀直入に、「とりあえず、家のなかから見てください。説明します」と言い、はた、とU羅君の顔を見た。精神の弱い男なら、挨拶もそこそこにこんな単刀直入に言われた、とめげてしまって忽《たちま》ちにやる気をなくすはずである。

そこいらのところ、U羅君はどうであろうか。U羅君は、「はっ、お邪魔します」とやや緊張した風に言って玄関でズック靴を脱いだのだが、そのU羅君の足どりが普通でないのを私は見逃さなかった。

どういう風に普通でなかったか。彼は右足を引き摺っていた。なぜ彼は右足を引き摺ってるのか。そのことがとても気になってしまった私はU君に、「右足をどうかしたのですか」と、問うた。したところU羅君は言った。

「祭礼で神輿《みこし》を担いだのですが、その際、転倒して足を痛めてしまったのです」

それを聞いて私はなお問うた。

「それは危険じゃね。神輿というのは大体が危険なものでね、けんか祭り、なんていう祭りもあるくらいで、ときには死人が出ることもあるじゃによって気をつけなければならない。この地方のことは僕はあまりよく知らんのだが、やはりそういった祭りなのかね」

「いや、そうでもありません。どちらかというとのんびりした祭りです。でも僕もこの地方の出身じゃないんで委しいことは知らないんです。ただ、町内に若い人が少ないのでかり出されて行ったんです」

それを聞いて私はさらに問うた。

「ほーん。それはおかしいですね。そんな微温的な祭りで、しかもヘルプ的なポジションで行っていてなぜ足を怪我するんですかねぇ（それほどにあなたは足が弱いんですか）」

「酒を飲み過ぎて酔っ払っていたんです」

そう言って、U羅君は、てへへ、と照れたような笑みを浮かべた。

その一言で、私はU羅君は精神が弱い男ではない、と確信した。この男なら安心してリフォームを任せられると思った。

酒を飲み過ぎる。それはもちろんよろしくない。しかし、祭りという非日常において、足の骨が砕けるまで酒を飲む、というのは、なかなかできることではない。普通であれば、そんな風に酒を飲んで足が砕けるまで神輿を担ぐ、などということはしない。そんなことをして悪目立ちをして周囲の批判を浴びたら精神が傷つくから、目立たないように適当に担いでお茶を濁そうと普通は思う。ましてや動員されて行ったという立場であれば尚更で、そんなことをして町内で幅をきかしている顔役に睨まれたり、同年代の若衆の嫉妬を招いたりしたら生きづらくなる。

にもかかわらず足が砕けるまで担いだ、というのは、いまどきの若い者に似ず、のびやかで健全な精神を持っているという証左である、と私は断じたのである。

ただ、ここでひとつ問題となってくることがある。

それは、酒を飲み過ぎた、という点である。酒は飲んでも飲まれるな、という格言があるように、酒を飲み過ぎるのはよくないことである。ところがU羅君はこれを飲み過ぎたのであり、まあ、アルコール中毒ということはないだろうが、人格の一部に、そうして酒や薬物に依存してしまう、精神の弱さ、みたいなものがあるのではないか、という疑念が生じるのである。

その場合、現場のプレッシャーに耐えられずに、深酒をしてしまい、思考能力、判断能力が低下してミスを連発し、ムチャクチャな仕上がりになってしまうのではないか。

そんなこともチラと脳裏をよぎったが、すぐにそんなことはない、と思った。

なぜなら、U羅君は、祝祭を盛り上げようとして、わざと飲んだのであり、日常的に酩酊しているような男ではない、ということは二〇〇六年の工事の際に確認済みであったからである。

ただ、率直に言って足を砕いてまで神輿を担ぐほどの男とは認識していなかった。

私はこの男にならすべてを託せる。内心でそう思いつつ、しかし、表面上は何気ない風を装って、U羅君の先に立って歩いた。そして私は言った。

「さっそく見て貰っていいですか」

「はい」

「では、まず、こちらへ」

私はそう言ってU羅君を廊下のどん詰まりまで連れて行った。私はU羅君にこんな風に話した。

「ここ、ほら、茶室じゃないですか。これがね、そいでこっち側がキッチンじゃないですか。それでね、まずは、この壁を撤去してね、ひとつながりの部屋にしたいわけです」

「そうすっとね、ここ、なんか電車みたいに細長くなるじゃないですか。後、なんつーか、ほら映画とかでトレーラーハウスみたいな、廃バス長屋みたいのあるじゃないですか。なんか、あんなんに住んでるみたいな感じになるんすよね。ピンクフラミンゴとか。それを防止するために、こっち側っていうか、ほらここ、こっち入ってください。ここほら、洗面所なんですけど、なんかこう無駄に広いでしょ。なんで、ここをこっち側にこう広げちゃって、それから、ここを廊下の突き当たりの壁にして、この、これをここまで、この茶室の水屋のところをここまで広げたいんです」

「でもそうすっと。ここが構造的にもたないんじゃないかとね、まあ、素人ながら思うんですよ。それでここは物入れにしたらどうかな、と、こんな風に思っておるのです」

「あとね、ここがこの狭くなった洗面所の壁のところに引き戸をね、つけてほしいんですよ」

「それとですね、この部屋、暗いじゃないですかあ、なのでね、あの、ここの壁をですね、全部、取っ払って、こっちがわ南向きですからね、大きめの掃き出し窓をつけたいんですね。

そうすっと必然的にあの二畳のログハウスが邪魔になってくるじゃないですかあ。なんで、あれを撤去してね、こう床の高さがね、フラットになるような感じでウッドデッキをね、つけたい、とこう思うわけです」

「それとですね、って、それとですね、ばっかし、言ってますね、僕。すみません。それと、それでもまだ暗いと思うんですよ。そこでね、このここって、二階が乗ってないじゃないですかあ。それを勿怪《もっけ》の幸いに、勿怪の幸いなんて、いま言いませんよね。なんつえばいいのかな、それを奇貨として、なんて言い方もしませんよね。すみません、仕事柄つい変な言い方、しちゃうン。って、てあの、つまり要するに、ここ二階がないんでね、天窓っつうんですか、トップライトつうんですか。ああいったものをですねぇ、一個、こうつけると、ほれ、普通の窓の何倍も明るい、つうじゃないですか、天窓って。あれをね、ひとつお願いしたいなあ、と思うんですよ」

「あ、それからね、あのお、ログハウスの連絡通路のとき見て貰いましたけど、この茶室って、ほら、猫のアレじゃないですかあ、猫の、ほら、部屋じゃないですか。そうすっと、ここがなくなるということは必然的に猫の居場所がなくなるってことじゃないですか。そこでですね、こっちに猫の部屋をつくりたいと、はいそうです、こっちです。玄関のはい、そうそう右手の洋間です。いいですか。ここです。はい、入ってください」

「ここをね、ここ、僕の仕事場なんですが、ここを猫の部屋にしたいわけです。そのためにいくつかやってほしいことがあるんですが、まずですね、さっきの茶室を見て貰ってわかったと思いますけど、猫って絶対爪研ぎするんですよね。壁とかで。そいでここほら、壁紙じゃないですかあ？　そうすっと猫がどうしても、爪研ぎすんですよね」

「そうすっと壁紙がめくれて垂れ下がって、むっちゃビンボー、みたいな情けない状態になるんですよ。ほんだらテンション下がって仕事できないじゃないですかあ」

「そこで僕、考えたんですけどね、ここに、あのお、腰壁っていうんですか、腰くらいの高さまで壁に板、貼ってるやつね、あれをね、やったらどうかと思うんですよ。あ、いやも、それも、結局、猫の爪研ぎ防止ですからね、も、ぜんぜん安いのでいいっつうか、ベニヤ板みたいなのでいいんですよ。塗装もなくていいし。っていうのをね、一つお願いしたいんですけど、できますかね」

「あとね、ここって、ほら、山だから湿度高いんですよ。でも、ほら、前も、前にお願いしたときも言いましたけど、あの茶室にいる猫たちって、キホン、野良猫で触れないから、脱走されたら捕まえられないんですね。そうすっと、ここにずっといるってことになるんですけど、ということはこの部屋が閉め切りになるわけじゃないですかあ。そうすっと、ほら、通風とかなくなるわけじゃないですかあ、そうすっと、カビとかね、そんなん生えちゃってかわいそうなんで、このね、こっちの広縁に通じるドアと、こっちの玄関の方のドアにね、それぞれ通風のためのね、ガラリ、っていうんですかね、ルーバーのようなものをね、縦長にこう、つけてほしいな、とこう思うんですよ」

「でもね、夏なんか、当然、それだけじゃ無理ですよね、やっぱし、ここの窓、開けないと。

でね、一応、網戸があるんで外には出ないとは思うんですけどね、ただ、ほら、この網戸、結構古いし、材質も、なんつうんですか、一般的な、ポリプロピレン、つうんですか、ポリエチレン、つうんですか、あんなやつじゃないですか。でも、猫って、網戸に上ったり、ぶら下がったりするんでね、破れちゃうかも知れないじゃないですか。なので、もっと強いね、金属っぽい材料のやつに替えてもらいたいんですけど、できますかね」

「それとね、いまも言うように、猫がここに入るわけじゃないですか。だから、あれっすよね、いまね、お願いしたここの工事とさっき言った、向こうの茶室とリビングの工事を同時にやったら猫の居場所がなくなっちゃうわけじゃないですかあ。なので」

「こっちの仕事部屋の方の、いま言った工事をまずやって、それが終わって茶室の猫をこっちに移して、その後、リビングと茶室の方の工事に取りかかってもらいたいんですよね。つまり」

「こっちが第一期工事、向こうが第二期工事、と、こういう風にしてもらいたいわけです。おほほ」

「それから、もっかい、あっちの方いいですか」

「はい、あのお、ということはですねぇ、ここが、全部、ひとつながりの部屋になる訳じゃないですかあ、そうすっとね、現状だと、この流し台が部屋のど真ん中に来るわけでしょ。そうすっと、どうでしょう、けっこう、うっとうしいですよね。そこで、これをあっちの北の隅の窓際に移設したいんだけれども、それはできますでしょうかね」

「あとね、すみませんね、いろいろ言って。この家、冬場、泣くほど寒いんですよ。そこでね、このリビング全体にガス温水式床暖房、ってのを張り巡らしたいんですけど、できますかね」

「ああ、後、浴室もヒートショックとかいってやばいらしいんで、床暖房をね、ひとつ頼みたいんですよ」

といった感じで私は要望を伝えた。つまり私はかなり複雑で即座には理解しがたいことを言ったのである。しかし、一般的な依頼者の要望の伝え方はこのようなものである。

これのわかりにくいに対して、U羅君はどのように答えたか。シュークリーム置き場に逃げたか。或いは、また別の独自の対応をしたか。それによってU羅君ひいては美奈美乃工務店の力量が知れるのだが、果たして、U羅君は、これらの私の要望を聞いて、驚くべき挙に出た。

どんな挙であったか。

まず、U羅君はそれらをひとつびとつ手に持っていた紙に書き留めた。

これは重要なことである。もし、あなたが工務店の担当者に要望、もしくは問題点を伝えたとする。例えば、

「すんません、ここにね、モリソバ置き場あるじゃないですかあ。これモリソバしか置けなくてすっげぇ不便なんですよお。なのでパスタも置けるように改造して貰えませんかね」

それに対して、「へえへえ、かしこまりました」と口だけで返答して紙に書き留めない担

当者がいたとしたらそれは二流三流、下手をしたら二十六流の工務店であり、担当者であると言える。

なんとなれば右にも申し上げたとおり、依頼者の要望は、多岐にわたり、また、そのひとつひとつが極めて細かいのが普通で、紙に書き留めでもしない限り、それらを記憶しておくのはまず不可能で、書き留めないということは端《はな》からまじめに人の話を聞く気がないということだからである。

なのでミスも多く、いざ工事が終わって、頼んでいた棚にパスタを置こうと思ったら置けず、置けるのはせいぜい、巻き寿司、無理をしてようやっと助六が置けるくらい、みたいなことになってしまい、ミスを指摘してやり直しをお願いしたら、「いいですけど、新たに費用がかかりますよ」と言って謝りもしない、みたいなことになる可能性が大きい。

なので言ったことを紙に書き留めているか、いないか、というのは重要なポイントである。書き留めない担当者が居たら、「書き留めないで覚えていられるんですか」と聞いてみるとよいだろう。

そして、「あ、そうすね」と言って慌てて書き留め始める、って人も駄目だが、もっと駄目なのは、「あ、大丈夫っす」と嘯《うそぶ》き、書き留めない人で、これは要注意で、そういう人には、暫くしてから、「さっき僕、あそこになに置き場作って欲しいって言いましたっけ」と、さりげなく問うてみるとよいだろう。多くは、「ええっと、確か豆置き場でしたよね」と、見当違いのことを言うか、「なんでしたっけ」と問い返してくる。

つまりはさっきも言ったように客の要望を軽視しているのである。

また、そのうえで「書き留めているからといって必ずしも信用できない。もしかしたら、へのへのもへじ、を書いているかも知れないの。なので、脇から紙を盗み見た方がよいのではないでしょうか」と、考える人があるかも知れないが、そこまで人を疑ってかかっていたら話が前へ進まないし、なによりも大切な人と人との信頼関係が築けなくなるので、そこまで考える必要はない。

という訳で、U羅君は私の話をすべて克明に書き留めていた。

そして書き留めるだけではなく、U羅君はそれ以外のこともやっていた。

なにか。

U羅君は、ときに、「あ、ちょっと待ってください」と言って私の話を遮った。そして、巻き尺を取り出して、私が説明した箇所の寸法を測り、それを書き留めると、顎《あご》に手をあてて何事かを考え、それからまた別の場所の寸法を測り、それも書き留めてまた、考え、暫くしてから独り言のように、「わっかりました」と言った。

なんでそんなことをするのかというと、これは言うまでもなく、どのようにすればこの問題を解決できるか、について具体的に考え、それが実現可能かどうかを確認しているのである。

具体的に言うと、例えば依頼者が、この場所に囲炉裏が欲しい。囲炉裏端でうちくつろいで親しい人と酒を酌み交わすのが長年の夢だったのです、と言ったとする。

それを聞いて、「なるほどなるほど、ここに、いろり」と、書き留める。これで間違えて、炉端焼きのカウンターを作ったり、蝶ネクタイ置き場を作ったりすることはないだろう。

けれども囲炉裏を作るなら作るで設計ということをしなければならない。そして設計をするためにはまず寸法が必要になってくる。寸法がわからないと設計ができないのである。

それを測ったうえで、どんなサイズの囲炉裏を作るのか。どんな材料を使うのか。どんな燃焼方式を採用するのか、などが自ずと決まってくるのである。

或いは、そもそも不可能という判断も出てくる。

「なるほど、ここだと作れる囲炉裏は三十センチ四方ということになりますね。ならば、七輪か火鉢を買ってきた方が安上がりなのではないでしょうか」

ということになる場合だってあるのである。ところが、これを測らないで、適当に話だけ聞いて設計をし、いざ材料が運ばれてきて組み立ててみたら、六畳のワンルームマンションに畳二枚分の囲炉裏ができてしまい、部屋にはベッドやその他、ラックなども置いてあるため、囲炉裏の縁に乗っかって生活するみたいなことになり、おまけに薪《まき》を燃やすタイプの本格の囲炉裏を作ったため、煤《すす》と煙で大事な服もなにもみんな燻《いぶ》され、火災報知器は鳴りまくり、親しい人は一滴も飲まずに呆れて帰って行き、近隣からは苦情を言われまくり、

「もうメチャクチャだよ。どうしてくれるんだよ」

「囲炉裏が欲しい、っていうから作ったんですよ。だったら最初から囲炉裏が欲しいなんて言わなきゃいいじゃないですか」

「つうか、ワンルームだよ。プロだったらそれに合うようなものを考えろよ」

「ええ、私もおっかしいこと言うなー、と思ったんですけどね。でも必要だっていうから」

「でけぇんだよ」

といったような話になり、払うの払わないの、やり直すの直さないの、という押問答になり、訴訟沙汰になることだってあるのである。

まあ、ここまでひどい例は少ないと思うが、そういうことは十分あり得ることで、最初の打ち合わせの段階で要所要所で寸法を測らない担当者が居た場合は一応の注意をして、ときどきは、「寸法を測らなくても大丈夫ですか」と問うた方がよい。

さてそうして寸法を測り、私の言い分を書き留めるうち、U羅君が、当初は快活で、職掌柄、文士や芸人のように、くだらぬ戯談など言うわけではないのだが、なにかいまにもそんなことを言い出しそうな、諧謔の気味を有していたその瞳が次第に曇りがちになり、ついには苦しそうな表情を浮かめるまでになったのを私は見逃さなかった。

見逃さなかったけれども、その理由がわからない。いったいどうしたことか。もしかしたら、私があまりにもあちこち引き回すものだから、また足がひどく痛みだしたのか。ならばお医者に行った方がよいのではないか。

と、そんな心配をしていたのだが、実はそうではなく、そのときU羅君は困惑していたのであった。

なにを困惑していたのかというと、私の提示した諸問題が、あまりにも複雑で、あまりにも多岐にわたったため、果たしてそれが本当に可能なのか、という不安を抱き始めたのである。

しかし、不安といって、それを直ちに心理的なものと断ずるのは文学者の悪癖で、U羅君の不安はそうした心理的不安ではなく、構造的不安であった。

構造的不安とはなにか。そう。それは、そのようなことをした場合、建築物がそれ自体にかかる内的な、また外的な力に耐えうるかどうか、という不安である。

例えば、私は茶室と居室の壁を撤去せよ、と言った。また、洗面所の入り口あたりの柱や壁も撤去せよとも。その際、私は素人ながら、構造的な不安を感じた。

そこで、物入れ、というプランを提出したのだが、そんなものは所詮、素人のあてずっぽうで、専門家のみが知る式に数字を当てはめればまた別の結果が出るかも知れない。

だからこそ、U羅君は各所の寸法を測ったのであるが、それはあくまで、目に見える場所というか、巻尺で簡単に測ることのできる場所を測ったに過ぎず、真に構造のことを考えるのであれば、そうした表面に現れたる部分も、もちろん無視はできぬが、それよりなにより、その裏に隠れたる内面、すなわち、壁紙や天井で化粧されたる表面の、その内奥にある、柱や土台や基礎や梁を直視しないことにはどうにもならぬのである。

と観じた時点で私などはそれこそが文学ではないのか、と浅墓にも思ってしまうが、U羅君はそうではなかった。その内面を究めるためにU羅君は文学者その他の一般人にはまったく考えつかないような行動をとった。その行動がどんな行動であったか。

文学において人間を文章にて表すために作家はどのような手段を用いてその内面を知るか。思うにふたつの方法がある。

ひとつは、心理学や歴史学や政治学、社会学といった、あるいは、自然科学の学問の成果、その他の知識や教養を用いて知り、そしてもうひとつは、自分自身の人生経験や実感に頼りて究める。

しかしこれは、どちらか一方ということはなく、両方を組み合わせて使うことが多い。ただ問題は、その配合具合で、多くの小説家は後者に傾きがちで、なかには知識教養皆無、乗りと勢いだけで書いているパンク崩れ、みたいなバカ者もいる。

しかし、自分の経験や実感だけに頼っていると、そこには自ずと限界があり、そこはやはり、前者の部分も必要となってくる。

では一方、リフォームにおいてはどうやってその内面を知るか。これにも文学の場合に似たふたつの方法がある。

ひとつは、科学の知見や知識、教養に拠る方法に似ている。それは、図面によって知る、という方法である。

どんな建物でも、それを建てるに際しては、必ず設計図施工図というものが用意される。これを見れば、建物の内面、内奥というものが、どのようになっているのかが手に取るようにわかる。

もうひとつは、人生経験や実感に頼る方法に似ている。それがどういうことかというと、実際に壁や天井を破壊して、その内実を目視する。また、壁や天井を壊さないが、表に現れた現状から、その内奥を勘で推し量る、というやり方である。

これも両者を組み合わせて使うことが多いのだけれども、リフォームの場合、図面がどこかにはあるのだろうけれども依頼者の手元にはない、というケースも多く、経験や実感に頼る方法がよく用いられる。

ただ、このやり方には問題も多く、その最大の問題は、工事を始めるまで、その内面がわからない、ということで、しかし、先月も言ったように、その内面を直視しない限り、物入れも作れないし、壁も柱も撤去できない。

もし、内面を直視しないでそれをやったら、やがて、建物そのものが傾き、倒壊してしまうのである。

そこで、その困難を克服するためにU羅君はどのような行動を取ったか。

私の要望を聞き、各所の寸法を測った。U羅君は、頬を膨らませ、その膨らんだ頬をボールペンで突いてへこませ、天井を見上げつつ、リビング中を右に左にふらふらと歩き回り廊下に出て行った。

廊下に出てもU羅君は天井を見上げて、ふらふらしている。こはいかに。私があまりいろいろ言うものだからふらふら病になってしまったのか。だったとしたら、労災保険はきちんと下りるのだろうか。

そんな心配をしているうちにもU羅君は、頬を膨らましたり、へこましたりしながら、うえを見上げてふらふら歩き、廊下の向こうの和室に入っていった。

今回、和室に工事の予定はなく、いよいよ、おかしくなったのか。

そんな心配をしながらついていくと、U羅君は急に振り返って、押し入れを指さし、「ちょっとここ開けてもいいですか」と言った。なかには客用の布団やストーブなどが入れてあるばかりで、変なDVD、ミニスカポリスの服、アナルボール、注射器といったような、見られて恥ずかしいものも特にないので、「どうぞ」と言うと、U羅君は押し入れではなく、天袋を開け、やはり、うえの方を見て、頬を膨らましたり、へこませたりしている。

暫くの間、そうしていたが、「ほーん」と言って、U羅君はこんだ、和室を横切って庭に面した広縁へ出て行った。広縁はますます工事に関係ないエリアである。

作家が、実感に基づいて人間の内面を探るとき、傍《はた》から見れば狂気にしか見えない振る舞いに及ぶことがある。

或いは現場監督が建築の内実を知ろうとするとき同じような振る舞いに及ぶのだろうか。と、漠然とそんなことを考えていると、U羅君は、まさに狂気としか思えない振る舞いに及んだ。

U羅君は、広縁の突き当たりにある物入れの前に立った。物入れは、開き戸だが、押し入れと同じように上下、ふたつのパートに分かれており、下の部分の高さは百七十五センチで中程に仕切り板があり、ちょうど天袋のような上の部分の高さは五十五センチ、間口は上下とも百四十二センチ、奥行きも五十五センチと共通である。

U羅君は上下の扉を開け放ったうえで、下の部分の中程にある仕切り板に足をかけて、やっ、とその上に乗ったかと思うと、こんだ、上の部分の、わずか五十五センチしかない隙間に頭から入っていくのである。

或いは、小学生くらいの男の子ならそんな遊びもするのかも知れない。しかし、U羅君はいい大人である。しかも足を怪我している。そんなU羅君が、依頼者の家でこんな悪ふざけをするなどというのは狂気の沙汰としか言いようがない。

しかし、作家が、家庭を破壊したり、死ぬほどヒロポンを注射したり、死ぬほど酒や睡眠薬を飲んだり、それで実際に死んだりしないと人間の内実を知ることができないのと同じように、U羅君もまた、そこまでしないと建築の内奥を了知することができないのだ。

やめてほしいんですけど。

そう思いながら下半身ばかりになったU羅君を見ていると、やがてその下半身も物入れの、高さ五十五センチしかない狭い空間に吸い込まれるように消えていった。

いったいなかでなにをしているのだろう。不気味な幻想に浸っているのだろうか。自分の家の狭い物入れの奥で、足を怪我した青年が蛇のように丸まって不気味な幻想に浸っている。

そう思うと、とても嫌な気持ちになり、実際にどんなことになっているのか確認するために、物入れから少し離れ、伸び上がってのぞくと、なんということであろうか、物入れからU羅君の姿が消えていた。そして、物入れの天井にぽっかりと黒い穴が開いていた。

家にぽっかり開いた黒い穴。あの黒い穴にU羅君は吸い込まれてしまったのだろうか。宇宙空間にはとてつもない重力を持つブラックホールというものがあるらしいが、家の中にもそういうものが実はあるのか。U羅君はそれに呑み込まれて脱出できなくなってしまったのか。だったとしたらどこに電話をしたらよいのだろうか。

と驚き惑う私の前に、U羅君の上半身が現れた。U羅君は言った。

「懐中電灯あったら貸して貰えませんか」

そしてU羅君は私が手渡した懐中電灯を手に再び、天井裏に突入していった。

そう。U羅君はブラックホールに呑み込まれたのではなく、また、狂気と戯れているのでもなかった。U羅君は、一階改築部分の天井裏に進入するために進入口を探していたのであり、広縁突き当たりの物入れの上段にそれを発見して、進入していったのであった。

つまりU羅君は、まるでミクロ決死隊のように、天井裏に進入し、表から見えにくい柱や梁の位置を、直接に目視することによって把握しようと試みたのであった。

なんたら大胆不敵な担当者であろう。なんたら勇敢な担当者であろう。

私はそれを知ったとき、U羅君に心よりの拍手と賛辞を惜しまなかった。内面を直接に目で見る。文学者には考えもつかなかった技法である。

十五分くらい経っただろうか。U羅君は天井裏から真っ黒になって出てきた。天井裏の煤と埃にまみれてしまったのである。そしてU羅君は手に見慣れぬものをぶら下げていた。なんだろう、とよく見ると、蜂の巣であった。

「蜂が巣を作ってましたよ」

U羅君はそう言って笑った。私は改めてU羅君の肝の太さに感嘆した。

そしてその日はいったん引き上げたU羅君であったが、この後、再びやってきて、「もう一回、もぐらせて貰っていいですか」と断って、また、天井裏に突入していき、そして、家の柱や梁などの位置を記した図を作成した。

すなわち、普段は、壁や床や天井によって隠されたる家の内面、を確実にとらえたのである。

このようにして家の内面をとらえないまま、工事をしたらどうなるか。間違いなく、「めくってみなければわからない」行き当たりばったりの、いや、もっとひどい、震度1で倒壊する、おそろしいリフォームになってしまう。文学が破綻しても人命は失われず、作者がその虚名を失うのみだが、リフォームにおいては依頼主の生命が失われるのである。

剛胆な担当者、U羅君が大胆不敵にも天井裏に進入し、家の内面を調べ、それに基づいて図面を作成した、というまるでミクロ決死隊のような話を右にした。

前に私は、リフォーム会社を選ぶ四条件を挙げたが、ここまでする担当者であれば、まずリフォームを任せて問題ないだろう。

だからといって、すべての担当者がここまでするわけでもなく、「なんでワイの担当者は天井裏にもぐってくれんねやろ」と落ち込むことはない。なぜなら、そこまで熱心な人は滅多にいないからである。

　さあ、そんなことで、家の内面を知ったU羅君は、「それではこの路線に基づいて見積書を作成いたします。できましたらご連絡いたします」と明るく言い、足を引き摺って去って行った。

　それで私はその言葉を信じて、見積書ができあがってくるのを待った。ところが一ヶ月経っても二ヶ月経っても見積書ができあがってこない。

　こういう場合、普通はどういう態度を取るか。

　まあ、考えられるのは、電話をかけて催促する、ということだろう。けれども私は電話をかけなかった。なぜか。これが、普通の担当者であったなら、私も電話をかけただろう。けれどもU羅君は普通の担当者ではなかった。

　痛めた足を引き摺って物入れから天井裏に進入して図面を作成する、熱い魂を持った担当者である。そんな、熱い男が理由もなく二ヶ月も仕事を引き延ばすわけがなく、それにはよほどの事情があるに違いない。それがどんな事情かはわからぬが、生き別れになった双子の弟がショッカーに捕まって人造人間にされてしまったが、その際、手術に失敗して、非常に中途半端な、まことにもってできの悪い人造人間になってしまったので、嫌になったショッカーは人造人間になった弟を大手町に捨てた。捨てられた弟はパチプロになって生計を立てようとしたがうまくいかず、空腹のあまり食い逃げをして捕まり、その身柄を引き取りに行く途中、犬に噛まれて転倒、あっ、といって手をついたところに、釘が突き出た板きれがあって、手のひらを鋳釘が貫通、いたいたいたいたいたい、と立ち上がった、その目の前に生き別れになった母親が立っていた。といったようなことがあったのだろう、と私は考えていた。

それでも、顧客思いのU羅君のこと。夜の目も寝ないで懸命に見積書を書いている。そんなところへ、催促の電話がかかってきたら人はどう思うだろうか。嫌な気持ちになるに違いない。私はそんな思い遣りのない男になりたくない。

ところが一部の心ない編集者などは、すぐに催促の電話をかけてくる。しかし、そういう際、やはり相手の弟がショッカーに捕まっているかも知れない。相手の母親が家庭菜園で思うような収穫をあげられずに苦しんでいるかも知れない。そんな最中、相手が磯釣りもせず、梅干しも漬けずに頑張っているのかも知れない、といった思い遣りの心を持つべきであろう、ということを老婆心ながら、一言申し添えておく。

ということで私は催促もせず、U羅君の連絡を待った。もちろん、その間、

人と寝食を共にしたい居場所がない二頭の大型犬の痛苦。
人を怖がる猫六頭の住む茶室・物置小屋、連絡通路の傷みによる逃亡と倒壊の懸念。
細長いダイニングキッチンで食事をする苦しみと悲しみ。
ダイニングキッチンの寒さ及び暗さによる絶望と虚無。

という私方の不具合はそのまま解消されず、私たちは、痛みに苦しみ、恐怖に震え、悲しみに泣き叫び、凍えるような寒さの中で絶望していた。

そしてようやっとU羅君が見積書を携えてやってきたのは三ヶ月後であった。その時点で私は悲しみと苦しみで白髪が増え、歯も何本か抜け、目も殆ど見えなくなっていた。ストレスでやけ食いをして激太りをし、また、過度の飲酒のため、内臓も相当悪くなっているようで、常時、身体がだるかった。家に籠もりきりで、歩行もままならなくなって、涎《よだれ》を垂らし、アウアウ言いながら、家の中を這いずり回って、ようやっと犬猫の世話をしているような有様だった。

それでも、ようやっと来てくれたU羅君に対応しなければならない、と思うものだから、気力を振り絞って立ち上がり、涎を拭き、メガシャキとウコンの力をがぶ飲みし、脂肪の吸収を抑える特定保健用食品と書いてあるゼロカロリーコーラも飲み、ビゲン早染めで髪の毛を染め、近眼鏡をかけてU羅君の到着を待ったのであった。

見積書を手渡しつつ、U羅君は、「遅くなってすみません」と言った。それを聞いて私は、おや、と思った。というのは、そうは言いながらもU羅君はあまり悪そうにしておらず、どちらかというと淡々としていたからである。

私の予想ではここまで遅くなったのだからU羅君は、もう半分泣いて、死んでお詫びします。その前に、この見積書にだけはお目通しください。みたいなことを言って、見積書を手渡すと思っていたのである。それがこの態度である。いったいどういうことなのか。U羅君ともあろうものが。

疑問に思った私は率直に問うてみた。私は言った。

「ところでU羅君。前回の打ち合わせから三月《みつき》も経っておるが、なんでこんな遅くなったのかね」

そう問うとU羅君は初めて、ちょっと悪かったかな、という顔をして言った。

「なんでもなにも、他の現場が忙しくて、なかなか進まなかったんですよ」

U羅君がそう言うのを聞いて私は勃然《ぼつぜん》と悟った。すなわち、

神の国では先の者が後になり後の者が先になるが、リフォームの国では先の者が先になり、後の者が後になる。


どういうことかと言うと、私は以下のような考えを持っていた。つまり、多くの人が待っているのを知りながら自分を先にしてくれ、と催促した場合、催促された側は、そんな厚かましい奴は後回しにして、なにも言わないでじっと待っている奴の方が気の毒に思えるから、そっちを先にしてやろう、と思うに違いない、と思っていたのである。

これは父が私に施した教育に拠るところが大きいのかも知れない。父は私が菓子やおもちゃを、買ってくれろ、とせがむ度に、くれくれという者はかえって貰いが少ない、と言い、買ってくれなかった。そこで、私は、買ってくれろ、と言いたいのを我慢して、なかなか言

わなかった。けれども父はなかなか買ってくれない。それで、我慢できなくなった私が、買ってくれろ、と言うと、父は、「惜しい」と言った。

「あと一日黙っていたら買ってやろうと思っていたのに、惜しいことをしたな」

父はそう言ってニヤリと笑った。

いまから考えれば、それは、余計な出費を防ぐための便法だったのかも知れないが、しかし、その思想は私の内部に確実に根付き、私は様々の局面で、自ら主張しない人間となった。そのことによって私は得をしただろうか。損をしただろうか。それは私が死ぬときになってみないとわからないが、とりあえず現段階で決算報告をするならば、まあ、大きな利益もないが、大きな損失もない、といったところだろうか。しかし。

リフォームは別勘定である。

なぜなら、前にも申したように、現場監督の忙しさはそのような道徳観・人間観を超越した、同時に五つも六つも芝居を演出する演出家のような忙しさで、急ぎの案件を常に四十は抱えていて、その携帯電話は一分おきに鳴る。

それがどういう状態かというと、いろんなことを考えるのではなく、ただ目の前に現れた問題を順次、処理していく、という状態で、青信号で左折しようとするのだけれども、左折しようとする先にクルマがびっしりで交差点に進入できない。そうこうするうちに信号が赤になる。そうすると、右から直進する車両がどんどんやってきて、また、左折しようとするその先がクルマで埋まり、こちらが青になってもまた入れない、ということを繰り返しているような状態である。

そういうときはどうするべきか。そう。道路交通法を守っていては永遠に左折できず目的地に到達することはできない。交差点を一時的に塞《ふさ》ぐ形になるがそれを恐れず、交差点に進入する、この場合で言えば、相手の立場などいっさい考えないでドシドシ催促の電話を入れるのである。

というと、え？　そんな思い遣りのないことをしていいの？　人として。という人がいるかも知れないが、リフォームの場合、これをしないことにはいつまで経っても自宅の不具合は解消しない。

なので、私は言う。

リフォームにおいて見積もりがなかなか出てこないときは遠慮なく担当者に電話すべし！と。

しかし、そのとき私はそれを知らなかったので催促をしなかった。そしてU羅君の方も普通はする催促を私がしないので、私がリフォームを急いでいない、と判断して他の依頼者を優先したのだろう。しかし、右にも言ったように私は不具合によって半死半生になっていた。なので見積書が出た以上、直ちに工事に取りかかるべきであるが、いや、まだ、工事を始められない。なぜなら見積書の内容・中身を検討しなければならないからである。

さてしかし見積書はどうやって検討したらよいのだろうか。

いや、その前に見積書とはなにか。ということを考えていく必要がある。

見積書とはなにか。

それは一言で言うと、ずばり、その工事をするのにどれくらいの銭がかかるか、ということを表した文書である。

どういうことかと言うと、実に簡単なことで、あなたがパンを買おうと思ってパン屋に行ったとする。パン屋の棚には様々のパンが並んでおり、それぞれのパンの前に、値段が掲示してある。なぜかと言うと、それがないと、どのパンを何個、買うかの判断がつかないからで、それがありゃこそ、ウグイスパンは高いが、その割にはウグイスの肉が入っていないのでメロンパンにしよう、しかし考えてみればメロンパンにもメロンは入っていないわけだから、値段はさらに高いがカレーパンにしよう、といった判断ができるのである。

言わば見積書とはそうしたもので、総額でいくら、ひとつびとつの工事がいくら、といった値段を記した文書と考えればよいのである。

しかし、見積書にはパンの値段と違って、やや、込み入った部分がある。

見積書とは総額がいくら、ひとつびとつの部分がいくらいくらということを示した文書であると申し上げた。では、それはどんな風に記してあるのであろうか。

それは、だんだん詳しくなっていき方式、という方式で記されている。どういうことかというと、見積書はどんな簡単な工事でも数ページにわたっているが、まず、その最初のページを見ると見積もり金額が大きく書いてある。そしてその下にやや小さな字で、工事金額が書いてある。その際、一式、と書いてあることがあるが、それはこの工事が全部でなんぼか、という意味である。そしてその下に消費税がいくらかが記してあり、その下に出精《しゅっせい》値引きいくらいくらと記してあり、これは文字通り値引きで、頑張って値引きしました、という意味なので、したがってマイナスいくらとなっているはずである。

この小さな字で書かれた数字の合計が、一番上の大きな字で書かれた見積もり金額である。その他に日付、依頼者、すなわちのあなたの名前、工事をする場所、工務店の名称と所在地と印章、担当者の名前と印章などがあるはずで、これらがなく、メモ用紙に、一式三十万円源猿又と書いてあったり、箸袋の裏に、酔っ払って書いたような筆跡で、「百万円って感じでヨロシク！」と書いてあったりした場合、その工事は絶対いい加減な工事で、不具合が解消しないどころか、工事をしたことによってなんでもなかったところが悪くなったりするので注意が肝要である。

さて、そしてページをめくると、こんだ、その一式を工事の種類別に分けて、それぞれの一式、というとわかりにくいが、つまり、その種類別に分かれた工事が全部でなんぼか、ということを書いてある。

といってもなんのことかわからないだろうから、わかりやすく喩《たと》えを用いて言うと、たとえばきつねうどんの見積もりをとったとする。きつねうどん作製工事一式が二百八十円であれば、税額は二十二円四十銭、出精値引きが二円四十銭ならば、見積もり金額は三百円である。

それを次のページで、もう一段、細かく、パートごとに分けて書くのだが、うどんというものは、だし、うどん、具、の三つのパートに分かれている、そこで、だし工事一式百円、うどん工事一式八十円、具工事一式百円、という具合に書くわけである。

　ではリフォームの場合、大まかにどんなパートに分けられるか、というと、大まかと雖《いえど》もけっこういろいろあって、全部書くとわかりにくくなるので、代表的なものを挙げると、仮設工事、木工事、左官工事、サッシ工事、建具工事、内装工事、雑工事、電気設備工事、給排水管設備工事、それからこのページに記すものとして、諸経費というのがある。

　どういうことかというと、例えばどこの家にも壁があり、壁には壁紙が貼ってあることが多いと思うが、その壁紙を貼るのは内装工事である。しかし、その壁紙の下には板が張ってあり、その板の下には板を張るための桟があるが、それらを取り付けるのは木工事なのである。後は読んで字のごとし。壁が漆喰の壁であれば、それが左官工事であり、壁に窓があればサッシ工事、アルミ窓の手前に障子があれば建具工事、その壁にキッチンパネルを貼ればこれは雑工事、壁にコンセントやスイッチを配線すれば電気設備工事であり、壁に給水栓を取り付ければ給排水設備工事である。

　そしてさらにページを繰ると、だんだん詳しくなっていき方式、に則って、種類別された工事がさらに細かく分割されて、その数量、単価、金額と種類別の小計が記してある。

　うどんでいうと、だし工事一式百円、うどん工事一式八十円、具工事一式百円、となっていたのが、さらに細かくなって、

1うどん作製工事
○だし工事
かつおぶし五グラム単価五円金額二十五円、だし昆布五グラム単価九円金額四十五円、薄口醤油二十九cc単価一円金額二十九円、水二百cc単価五毛金額一円
【小計】百円
○うどん本体工事
うどん玉一式金額八十円
【小計】八十円
○具工事
薄揚げ五十グラム単価一円五十銭金額七十五円、葱《ねぎ》十グラム単価一円金額十円、蒲鉾《かまぼこ》十グラム単価一円金額十円、醤油二十グラム単価十銭金額二円、砂糖二十グラム単価十銭金額二円、水二百cc単価五毛金額一円
【小計】百円
【中計】二百八十円

という具合になる。リフォームの場合も同じように各項目、種別ごとに、前ページよりも細かく分割した内容、数量、単価、を示してある。どんな感じかというと、

2木工事

○木工事

解体費一式、金額十万円

木材及び建材費一式二十万円

大工手間賃（造作材加工共）十八人工単価二万円金額三十六万円

釘及び金物費一式金額一万八千円

【小計】六十七万八千円

○フローリング貼り工事

床フローリング材ハルマゲ電工JESUS2JPN（台所納戸洗面用）十坪単価八千四百円金額八万四千円備考（定価￥21000／坪）

上記既存カーペットはがし及び下地調整一式一万円

大工手間賃四人工単価二万円金額八万円

釘・金物及び接着剤費一式九千円

【小計】十八万三千円

【中計】八十六万一千円

といった感じで、この各種別ごとの【中計】を合計したものが工事金額となり、それに税を乗し、出精値引きを減じたものが見積もり金額になるという寸法である。

さて、ここで着目すべきはなにかというと、注意深い人は、うどん工事の段階で気がついたかと思うが、その単位で、グラムとccが混在している。葱や砂糖や醤油はグラムで表示されているのに、水はccで表示されているのである。

うどん工事の場合はそれだけだが、リフォーム工事の場合はもっと複雑で、式、坪、人工、が混在し、さらにここには現れないが、実際の見積書には、㎡、本、台、帖、面、ケ、m、組、個、などが混在する。

このことは見積書を見るに当たって、非常に大事な点で、また、見積書の本質の部分であるのであるが、それは後で述べるとして、とにかく、そうして、だんだん詳しくなっていき方式、に記されている見積書を私たちはどう読むべきであろうか。

もっというと、見積書というのはなんのためにあるのか。

一言で言うと不具合を解消するためには、どれくらいのお金がかかるかを知るため、なのだが、けれど不具合を解消するための工事にかかる金額というのは、後で述べるように、実際には算出できない部分があり、けれど依頼者が出せる金額には限界があるし、予算措置も講じなければならないので、事前におおよその額を知っておく必要があり、そこで、現場監督が各部門に、それぞれの工事の見積書を提出させ、それを総合したものが、この、見積書、なのであり、単位がまちまちなのはそのせいでもある。

なので先ほど私が示した、うどん工事、という例は実は誤りで、依頼者は、なにもうどん一品を食べたいと言っている訳ではない。ししゃもを焼いてマヨネーズを添えたものも食べたいし、ボンジリのようなもの、或いは、ピッツァマルゲリータ、シーフードピラフ、刺身盛り合わせ、ソフトクリーム、ひじきのたいたん、鋤焼《すきや》き、生牡蠣《なまがき》、コノワタ的なもの、なども食べたがっており、かつまた、ビール、お茶、カシスオレンジ、焼酎湯割り、コーヒー、清酒、赤ワイン、マティーニ、ウーロンハイ、ネクター、カルピコなどを飲みたがっており、それらすべてについて、詳しい、【小計】【中計】を算出し、それらを総合したようなものなのである。

ということはどういうことになるか。

結論から言うと、見積書の見積もり金額はまったく当てにならない、根拠薄弱な数字である、ということになる。なぜ、そうなるのか。それは申し上げたように予算額から逆算したフィクションに過ぎぬからで、見積もり総額とは予算額をいったんバラバラに分解し、再度、積み上げたものである、ならば、それがフィクションである以上、無礙《むげ》に変更可能なものである。

私らなンどの文学の世界ではそういうことがよくある。構想の段階、これすなわち見積書の段階である。

そしてその構想に基づいて書き始める。これは施工の段階である。

ところが、実際に施工してみると、構想通りに進まないことがある、例えば、構想では、若き官僚、若禿花の進は、国際金融マフィアと戦い、また、政府間交渉の舞台裏で暗躍し、日本経済を破滅の淵から救おうとするも、敵国と通じた代議士の策謀によって、無知なマスコミに叩かれ、くじけそうになるが、不屈の魂で苦難を乗り越えて国を救う、という筋であったとする。

ところが実際に書き始めてみると、若禿花の進は二日酔いで会議に遅れたり、彼女に振られて自暴自棄になり、意図的に高波に呑まれたところを漁船に救助され三週間入院したりして、ちっとも日本経済を救わない。そこで、面倒くさくなったので若禿花の進を事故で殺して、若禿の遠縁の勝尾節太郎という浪曲師を登場させ、こいつに日本経済を救わせようとしたのだけれども、こいつも酒ばかり飲んで役に立たず、しかし、そうそう主要な登場人物を殺すわけにもいかないので、日本経済のことはなかったことにして、節太郎が浪曲師としての研鑽《けんさん》を積み、日本一の浪曲師となる、みたいな話に結果的になってしまった。

なぜそんなことになるのかというと、構想と実際の執筆はまったく違うものだからだが、同じことが見積書と実際の施工、もう少しわかりやすく言うと、設計と実際の施工にも言えるのである。

つまり設計、構想、というのはどこまで言っても机上の空論に過ぎない、ということである。ところが現実の場所、すなわち、現場においてはいろんなことが起こる。それは始まってみないとどうなるかわからない。毎日のように設計変更が繰り返され、よって見積もり額はバンバン変わっていく。

ではそのいろんなこととはどういうことか。

ひとつは以前に申し上げた、実際に壁や天井を取り払ってみたら柱や梁が毀損していたり、少なかったりして、或いは構造上、位置の変更ができない、などの理由で、設計したとおりの工事ができない、というやつである。浴槽を交換しようとして、既存の浴槽を撤去したら浴室の柱がシロアリに食害されていた、とかね。となると、当然、柱や梁を新設したり、交換したりしなければならない。

右の若禿花の進のケースもそうだろう。構想段階で作者は経済小説を書こうとしていた。ところが、実際に書き始めてみると作者に経済についての知識がまるでないため、経済のことを書くことができず、やむなく芸道小説にしてごまかしたのである。

まあ、そうならないためにU羅君はミクロ決死隊となって天井裏に突入したのだが、それとて限界があり、いくら天井裏に突入したからといって、柱の一本一本の状態まで確認できるわけではない。

しかしそれ以外に見積もり額と実際の額が大きく食い違う理由がある。

それは、依頼主の気が変わる、ということである。

どういうことかというと、家の不具合を解消するということは、基本的には不具合のある部分を破壊して撤去し、新しいものに交換する、ということである。

壁紙が汚損して見苦しく、見ていると抑鬱的な気分になってきて生きづらい場合は、壁紙を剝ぎ取って新しい、見ているだけで気分が爽快になって生産性が二割くらい向上するような壁紙を新しく貼る。

流し台が古くさくて不便で、それが原因でクソのような料理しかできない。そのため体重は十五キロも減って立っているのも困難な場合は、流し台を撤去して機能がすぐれ意匠も美しい最新式に交換する。

さて、ここで困ったことがあるというのは、流し台、壁紙、その他すべてのものに等級・グレードがあるという点で、一般的な普及品のうえに必ず、高級品、上級グレード品が用意されている。ネスカフェエクセラのうえにネスカフェゴールドブレンドがあり、普通車のうえにグリーン車があり、エコノミークラスの上にビジネスクラスがあり、一般会員のうえに特別会員があり、カルビのうえに上カルビ、ミノのうえに上ミノがあるのとまったく同じ構造である。

そして、総予算額から発想して担当者と打ち合わせをしている段階、すなわち打ち合わせ↓見積もり段階においては、たいていの依頼者が、「いやー、うちなんかは庶民なんで、普及品で十分ですよ。贅沢を言える身分じゃありませんから」など言い、と同時に自分の後頭部を手の甲で撫でながら尻を左右に揺すぶり薄笑いを浮かべるなどして普及品を選択する。そうしないと予算内に収まらないからだが、実際にそう思っているからでもある。

ところが、施工段階になり、いよよ、本格的に設備や材料の色や意匠を選ぶ段になって……、と言うと、えっ？　そんなものとっくに選んであるんじゃないの？　と思うかも知れないが、見積もり段階では等級・グレードを選んだに過ぎず、その等級のなかのどの色やデザインを選ぶか、或いはもっと言うと、どのメーカーの製品を選ぶか、というのはギリギリまで決められない依頼主が多く、そのために工事が遅延することだってあるのである。とまれ、そういう訳で施工段階になって設備や材料の色や意匠を選ぶのだけれども、この段階になって、つまり現物を具体的に見て、日々、使用するという観点から見る施工段階になって、改めて検討すると、どうしても普及品は見劣りがして、上級グレードがよいような気持ちになってくる。

なぜそうなるかというと、普及品、というとそれが普通で、その普通に、よりよい、を加えたものが、上級品、というように聞こえるが、実際はそうではなく、普及品、は、粗悪品、では決してないが、普通、からいくつかのものを差し引いて、その分、値段を安くした、安売品、で、むしろ、上級品、と言っている方が、普通品、で、それが証拠に、真の、上級品、とも言うべき、特上品、というのがある場合も多い。

つまり、正確に品質を反映するならば、上等、中等、下等と言うべきところを、上、中、並、といってごまかしているわけである。

この場合、あくまでも、スタンダードは、中、である。ところが下を並と言い換えたことによって、並という言葉にはスタンダードという意味が含まれるから、じゃあそれでいい、ということになるのだが、実際に使用を想定して現物を見ると、それが、並ではなく下であることがわかってしまうのである。

そうなると、人間はどんな気持ちになるかというと非常に惨めな気持ちになり、夫婦の会話も敗北感に満ちた陰惨なものとなる。夫が呻《うめ》くように、

「結局のところ僕たちには金がないから、死ぬまで社会の底辺を這いずり回って暮らすしかないのだ。僕はボウフラにも劣る人間の屑だ」

と言うと抜け殻のような妻が虚空を見つめ、「私、惨めだわ」と呟くように言う。

「ばかっ。惨めだなんていうのは惨めじゃない生活ができる可能性がある人間にのみ許される言葉だ。もっとボウフラの妻としての自覚を持て。僕たちは明日から道を歩くのはやめよう。会社に行くときもドブのなかを這っていくことにしよう。僕たちは負け犬なんだよ」

「なんてこと言うの。負け犬だなんて。犬に失礼よ」

といったことになってやりきれない。そこで明るく、

「やはり毎日使うものだから、ここは一番、ちょっと無理をしてでも上級グレードにしようか」

とつい言ってしまうのが人情というものなのである。

ところが総予算額は決まっているため、その分、他の予算を削減しなければならない。そこで依頼者は財務官になったような気分で見積書とカタログをうち眺め、どこか削減できる予算はなかろうか、と検討をし始める。

そういうときに槍玉に挙がりやすいのが、壁紙や床材で、これらは、mや㎡あたりの単価は安いのだが、面積があるので等級を落とすと、かなりの予算を削減できるのである。

そう思って分厚いカタログを打ち眺めるにつけてわかってくることがひとつある。

というのは、見積もりの段階では、先ほども説明したように実感というものがあまりない

ので担当者に勧められるまま、普及品を選択していたが、改めてカタログを眺めると、一口に壁紙、一口に床材、と言うが、それはもう、様々な種類のものがあり、かつまた、吸湿や防臭といった特別な機能を有するものもあって、よりどりみどりである、ということに気がつく。こんなにあっちゃ、どれを選んだらよいかわからなくなっちゃうよ、と思う。

しかし、選ばないことには工事が始まらないので、なんとかして選ぼう、とするのだけれども、その過程でひとつだけ明確にわかることがある。それは、いいものは高い、という厳粛な事実である。

例えば、自然素材のものとケミカル素材のものがあれば、質感や健康への影響を考慮して、やはり自然素材のものを選びたい。ところがケミカル素材のものに比べると自然素材のものはかなり高い。見積もりではどうなっているだろうか、と改めて見積書を見るとケミカル素材のものになっている。夫が呻くように言う。

「やはり貧乏人はケミカル素材の壁紙、ケミカル素材に囲まれて、発癌性物質のなかで生きていくしかないんだね。庶民の家なんて所詮はゴキブリホイホイなんだな、はははは。乾いた笑いだね」

それを聞いた妻が虚空を見つめ呟くように言う。

「……、革命……」

と、そんなことにならないために、「やはり、健康は大事だから吸湿性のある自然素材の壁紙にしようよ。床も無垢の板にしよう。病気になったら元も子もないもの」ということになって、高い方を選んでしまう。

といった方向性で、依頼主の気持ちは施工段階で変化する。よって見積もり総額は工事の進行と共に自在に変幻してあてにならないのである。

と言うと、「いや、自分は予算に上限があるので上級グレードに変更などしないし、新たな事実が発覚して工事に変更が生じたとしても予算内に収めてもらうよう交渉する」と言って胸を張って宣言する人が必ず出てくるだろう。

しかし、その人もいざ工事が始まれば、構想と現実の隙間にはまり段差に躓《つまず》き、人道に対する罪のごとき下級グレードの惨状に泣くのは避けがたい宿命であることを知るだろう。

そうなったときのときを考えて見積もり総額については、実際には二割から三割、本当のことを言うと五割増し、いやさ、倍くらいかかるもの、と考えておくべきなのである。


さあ、工務店の選定の仕方、要望の伝え方、見積もりの見方の三点が、明らめられたところで、私方のリフォーム開始の当日の朝に時間を巻き戻そう。

ところで私はいつも午前中に仕事をすることにしている。午前四時半頃、起床し、五時半頃、仕事を始め、八時半頃には仕事を終えるのである。なのでその日もいつもと同じように仕事を始めた。ところが、ともすれば筆は渋滞し、イライラと心落ち着かず、五分置きに立ち上がっては家のなかを目的もなくウロウロ歩き回ったり、鼻毛を抜いたり、挙げ句の果てには、かつて一世をあまり風靡《ふうび》しなかった、「ふしぎなメルモ」の主題歌を歌いながら尻をプリプリ振って踊るという奇矯《ききょう》の振る舞いにまで及んだ。

なぜそんな情けないことになってしまったのか。それは勿論、その日からリフォーム工事が始まり、もちろん、それは自分が望んだことなのだから構わないのだけれども、やはり不安であった。大勢の職人が家に来て仕事をする。言葉で言えばそれだけだが、私はその間、ずっと家におり、彼らとの人間関係を維持していかなければならない。全体、自分は人付き合いというものが苦手で、職人さんたちにどのような態度で接すればよいか見当がつかず苦悶していたのである。

また、家のなかもきわめて落ち着かぬ状態であった。というのは、玄関脇の仕事部屋、玄関から家屋を東西に分かつ中廊下の東側にあり、実はこの時点で比較的簡単な仕事部屋工事は完了し、一時、移動してあったデスクなども元に戻してあったのだが、さて、中廊下西側の、居間、炊事場、食堂、茶室、浴室に至る廊下、という一階延べ床面積の約半分を占める部分には、食器棚、ダイニングテーブルといった大型の家具、テレビジョン、冷蔵庫、洗濯機、オーディオ装置といった電化製品、さらにはまた、食器やグラス、猿の置物、木彫の熊といった細々とした生活用品が大量に存して、それらをどこかにいったん動かさなければならなかった。

最初のうち、私はそれも見積もり総額に含まれているものだと考えていた。ところがいつまで経ってもU羅君は荷物の片付けのことを言い出さない。しかし、まあ、このままでは工事ができないわけだから、いつか言い出すだろう、と思ったのだけれども三日前になっても強情に言わない。そこで自分の方から、「あのお、やっぱりあれですかね、荷物やなんかは僕が片付けた方がいいんですかねぇ」と問うた。したところ、U羅君は苦しそうな表情で、「……ええ……」と、曖昧に答え、私はすべてを了知した。もちろん、業者にそれを頼むことはできる。ただし、その際は見積もり変更、しかもかなり大幅な見積もり変更となるし、場合によっては工期が変更になる可能性もある、とU羅君は口ではない、目で言っていた。

そこで私は荷物の移動を自分でやった。キッチン、リビング、茶室の、そして洗面室の家具やその他の雑物をすべて東側の和室に移動した。もちろん、大きな食器棚とかそんなものはひとりでは運べないので、U羅君に頼んで手伝って貰うことになっていた。

という訳で東側の和室は荷物で一杯になり、工事期間は二階で過ごすことになるため、二階にも自分で運べる範囲で折り畳みの丸テーブルや電子レンジや湯沸かしケトルやカップラーメンなどを運び込んで、家の中は極度に雑然とし、普通の神経の持ち主なら一分と我慢できないほどの混乱状態であった。こんななかで悠然と仕事ができる人。それはバカか天才かいずれか。穏健な常識人である私はとてもじゃないが仕事なぞできない、とまあ、そういう訳なのである。

そこで六時半くらいからメルモちゃんを唱ったり、皇潤も飲んでいないのに皇潤を飲んでいる体《てい》で膝の曲げ伸ばし運動をしたり、腹をおもっきり張り出して関取のような感じにするなど苦しい時間を過ごすうち、八時になったと、思ったら、ピンポンという呼び鈴が響いた。ついに来たか。そんな感慨を抱くまもなく、弾かれたように部屋を飛び出して一階へ降り、応援に出ると玄関先にU羅君が立っていた。

そうして六名ほどの人が、うっす、おっす、あっす、ときわめて不分明な挨拶をして入ってきた。六名ほど、と言って、六名と明確に言えないのは、赤いキャンディー青いキャンディー、逆上していたからである。

そうして、そのうちの何名かは荷台から資機材を降ろしたり、勝手に裏の方に回ったりし始めた。

私としては、式次第というか、U羅君の方から、「えー、今般はマーチダさん邸改修工事にご参集賜りましてまことにありがとうございます。本日はお日柄もよろしく云々《うんぬん》」といった挨拶があり、それから徐《おもむろ》に工事が始まるものと心得ていたのだが、そういうこともなくいきなり始まったことに狼狽して、まるで明治維新を目の当たりにした処女みたいな体たらくで、内股で一階を右往左往していたが、その私にU羅君が、「ええっと、動かす家具はどれですかね」と声をかけてきたので、「ああっ、あああっ、こっちです、こっちです」とことさらにへりくだって炊事場にU羅君を案内し、自分も手伝って大型家具を東側の和室に運んだ。このとき、ひとりの男の人が手伝ってくれた。四十代かそれくらいの、身体の大きい、そして声も大きい、淡灰色の作業衣を着た男の人で、この方は力も強く、「あ、それは無理でしょう」という大きな家具もひとりでグイグイ持ち上げ運んでくれた。また、態度も気さくな感じで、職人という者はその専門性が高いほど、気むずかしく無口で人間嫌いである、という先入観を抱いていた私はこの方は雑用をする係の人であろうと思っていたが、さにあらず、この方は熟達の建具職人であることが後日判明した。

しかし、そのときはそんなことはわからない。やることができた安心感から、一応、家具を運ぶ、という筋道だった行為はしていたが、内心の発狂はおさまらず、剝き出しになった神経が体中から垂れ下がって、そこいらに触れ、その痛さにますます狂っていたのは、まったく経験のない慣れぬバイトの初日のようであった。

その垂れ下がった神経に触れたのはしかしやはり職人の無愛想ぶりであった。建具屋さんは極度の例外であったのである。

ひとりの人は五十半ばくらいで痩せて小柄な人であった。白髪頭で、短めの切り放し頭であった。口元はぼさっとした感じで、人を窺うような目つきで一瞬、人を見、目が合うと目を逸らし、挨拶をするタイミングがつかめず、挨拶を嫌がっているような気配があった。紺色の長袖シャツを着てジン・パンを穿いていた。

ひとりの人はやはり五十半ばくらいの大柄な人、半白髪で眼鏡をかけていた。丸坊主が伸びたような不分明な髪型をして始終ガムを嚙んでいた。若い頃の意識のまま大人になったような感じの人であったが、そもそもがおとなしい人間だったらしく、若い頃のあの、血が滾《たぎ》る感じ、はまったく感じられなかった。この人は、馬か河童《かっぱ》かそういった類の生類《しょうるい》の絵が描いてあるティーシャーツを着て、草色のズボンを穿いていた。

しかし、ふたりの人には、その、血が滾る感じ、を濃厚に感じた。というかそのふたりの人は実際に若かった。二十代前半、下手をしたら十代であったかも知れない。先の二人とは違って、揃いの、駱駝《らくだ》色の作業着を着ていたが、痩せて身体が薄く、ベルトで絞り上げた腰のあたりは折れそうに細かった。ひとりはひょろっと背ぃが高く、ひとりは小さかった。頭はふたりとも丸刈りで、眉毛が細かった。というと、なにかこう稚児趣味をそそられるように感じるかも知れないが、実際にはそんなことはまったくなかった。というのは自分に稚児趣味がないからだが、仮にもしあったとしても露だにもそんなことは思わなかっただろう。なんとなれば、ふたりは常に暴力的気配を発し続けていたからである。

もちろん、それはあくまでも気配であって実際の暴力ではない。しかし、寄らば斬《き》る、という感じは確かにあって、挨拶なんかとてもじゃないができゃあしない、という感じで、つまり彼らは暴力的に閉じていた。彼らは誰とも挨拶をせず、それどころか互いに口をきくこともせず、なにか作業のうえで伝達しなければならないことがあった場合は、目配せや仕草で済ませて口を開かず、そのうえでどうしても喋らなければならない場合も最低限の、「あ」「お」「それ」「う」みたいな感じで三文字以上は喋らなかった。どうやら、「こんなところで口なぞきけるか」と思っているようだった。

彼らは正面玄関からズンズンあがってきて台所に入ると、細長いキッチンの中央にある流し台を取り外し始めた。電光石火の仕事ぶりで、流し台には水道やらガスやら電気やら、いろんなものがつないであるはずだが、十分もしないうちに彼らはそれらを取り外し、流し台を外に運び始めた。

いったいどこに持っていくのであろうか。あの感じだと山に捨ててもおかしくはないぞ。

けれどもそうされても神経が垂れ下がって脳の狂った私はなにひとつ筋道だったことを言えず、流し台を新設して七十万円か三十万円か知らんが、それくらいの見積もり変更になる。それは避けたい。できれば。できることならば。そう思った私は、彼らの後を追った。彼らは、玄関から流し台を出すと、こんだ、建物北側の、旧アトリエであった屋根付きの駐車場のようになっているところ、すなわち、屋根と柱はあるのだけれども壁のない、十畳くらいの広さのところに流し台を持っていった。

なるほど、ここなら雨がかからないで工事期間中、流し台を保管しておくことができる。しかし、彼らが知らない情報がひとつある。それは、この元アトリエ、現駐車場は屋根があって雨はかからないが、敷地北側を東西に走る道路より低くなっているため、雨水がだだ流れに流れ込んでくる。と言うと、道路より低いってどういうこと？　地下室？　と疑問に思う人があるかも知れないのでご説明すると、私方は傾斜地に建っており、前の道路は急な上り坂である。どういうことかというと、斜面を切り取り、無理矢理に平らかな土地を拵えて家を建てた。その際、土地のレベルというか水平というか、起点となる高さを、家に面した道路の、下の方、すなわち低い方にとってあるため、前面道路は西側の境界あたりで拙宅の屋根ほどの高さになり、したがって、敷地北側には西に行くほど高くなる擁壁が聳《そび》え、また、隣家の建つ西側も擁壁となり、職人さんたちが流し台を置いた駐車場あたりでその高さは三メートルにも達するのである。そしてその擁壁を伝って雨水が流れ、駐車場のコンクリート土間を東方向に流れ、アプローチから門の方へ流れていくのである。

はあ、はあ、なにが言いたいのか。さっぱりわからない。なるほど、よござんす。ではひとつのことだけ申し上げる。この駐車場には雨が降ると大量の雨水が流れ込んでくる。ということはどういうことだろうか。そう。流し台の足下が濡れるということ。そして、流し台はキホン木製である。木材というものは水に濡れると腐食する。せっかくリビングダイニングがいい感じになっても流し台が腐っていては玉無しである。

なのでそれを指摘したいのだけれども、この凶悪な兄ちゃんたちにそれを言ったらどうなるだろうか。間違いなく殺される。けれども言わないとせっかく苦労してここまで進めてきた一大プロジェクトが玉無しになる。

懊悩《おうのう》の挙げ句、私は意を決し、ええいっ、殺すなら殺せ。私は私の流し台を守る。という意気込みで、けれども可能な限りソフトな感じで、

「あの、ここ、屋根あるから大丈夫なように見えるんだけど、雨流れてくんだよね」

と背が高くない方の兄ちゃんに言った。したところ兄ちゃんは、ものを言う馬を見るような目で私を見て、「ああっ?」と言った。私は慌てて、「お任せします。お任せします」と言ってその場から逃げた。

暫くしてから兄ちゃんたちが居ないのを確かめ、私はこっそり流し台の様子を見に行った。流し台の足下を二本の材木でかさ上げしたうえ、ブルーシートをかぶせてロープで縛《いまし》めてあった。どんな豪雨でも大丈夫そうだった。私は、「さすがにプロだ。玄人だ。鰯のフリッターだ」と呟いて二階に上がっていった。

そんなことでリフォーム初日は、なにかと混乱していた。いろんな人が出たり入ったりし、誰がなにをやっているのか、よくわからなかったが、二日目三日目になって、いろんな職掌がわかるようになってきた。血が滾る感じの若い二人の兄ちゃんは給排水設備を担当する職人であった。五十半ばの白髪と半白髪の二人組は大工さんであった。その他に、小柄なれど活力に溢れ、腰の辺りにいろんなものをぶる提げて、歩く度、ガチャガチャ音をさせて現場を歩き回っているのは電気設備工事をする電気屋さん、青い作業服を着て、社会的な振る舞いが身についているガス屋さん、白っぽい作業服を着て、なぜか挨拶をしても聞こえないふりをするなど、終始、私がいない、という設定を内部的に拵えてしまっているのは水道屋さんであった。その他にもいろんな○○屋さんが出入りし、工事は約二月を要したが、最後の方には私は階上にいて階下の声を聞いただけで、ああ、○○屋さんが作業しているな、とわかるようになった。

もちろん、それらの人が同時に出入りしたのではなく、二日目以降は、大工さん以外の人はあまり来なかった。以下、どのような人が出入りし、作業が進んでいったかを簡単に記すと、まず大工さんが来て、壁、床、天井などを破壊し始めた。以前にも言ったようにリフォームの場合、まず、現況・既存を破壊しなければならない。つまりいまある悪いものを撤去しなければならないのである。というのは、例えば虫歯の治療に似ている。いまある腐った歯をドリルで削り取り、そこによいものを充塡することによって不具合を解消するのである。

ただし、決定的に違っている点もある。それはリフォームの場合、それ自体は悪くなくても別の理由でこれを壊さなければならない場合もある、という点で、例えば、それ自体なんの問題もない壁も、二部屋を一部屋につなげて使いたい場合などはこれを破壊する。それはときに痛ましい光景である。

私は私方の壁や床にそれを感じた。なんの問題もない壁や床や天井。前回のリフォームが二〇〇七年なのでまだ二年も経っていない壁や床が心ない大工の手によって、無惨にも壊されていく。いや、大工を責めるべきではない。責められるべきはそれを命じた私だ。私は自分でそれを命じて自分でそれを悼んでいる。つくづく馬鹿な男である。こんな詠嘆は所詮安全地帯から発せられる戯言に過ぎない。

そしてそのことを大工さんたちは身に染みて知っているのだろう、情け容赦なく、一切の感情を交えないで床でも壁でもなんでもハンマーとバールで叩き壊していく。大量の粉塵が舞うが咳《せ》き込むようなことはしない。防塵眼鏡と防塵マスクを装備しているからだ。この破壊があってこそ創造があるのだ。破壊を恐れていては新しいモノを生み出すことはできないのだ。

といって坂口安吾は神社仏閣などはどんどん取り壊し、駐車場や滑走路にして実用・実利に生きよ、と言った。けれどもそれは勿論、間違いだ。なぜなら、真に破壊を恐れず理想社会を建設しようとすると、最終的にはホロコーストしかないということになってしまうからである。それが人間ぞ。それが人間ぞ。と唱えつつ私は二階で震えていた。ときにはレンジ食品を食べながら。ときにはテレビ時代劇を観ながら。

さて、そうして破壊なった後の拙宅、西側はどうなったであろうか。私は職人だちが帰った後、誰もいなくなった一階西側を調べてみた。まず、床は殆どが毀たれ、根太《ねだ》、大引《おおびき》、束《つか》が剥き出しになって、歩くときは根太のうえを渡って歩かなければならなくなった。その下には基礎コンクリートが見えていた。天井はすべて剝《は》がされ、吊り木と野縁《のぶち》がブラブラしていた。二階の乗っている部分は二階の床下が露出して、太い梁が露出して配管や配線がごそごそしていた。二階の乗っていない部分は、屋根の裏側の野地板《のじいた》が露出していた。廊下の突き当たりや洗面所入り口付近、茶室とリビングを隔てる壁が毀たれ、柱が露出していた。柱には貫孔《ぬきあな》がぼこぼこ開いていた。廊下の突き当たりの壁のあったところにはビニールの幕が張ってあった。茶室の流しがあったところはぼこっと穴が開いて、そこに配管が通っているのがみえた。

　特筆すべきは茶室の南側、茶庭に通じる躙り口のあったところで、ここの壁が全面的に毀たれ、ほとんど外とイケイケになって、そのままでは風雨が入るというので、ブルーシートで厳重に封印をしてあった。その向こうには広いリビングとフラットにつながるウッドテラスができる予定だった。

　そこいら中に廃材の入った袋が置いてあり、また、西側の側庭には袋にも入れず廃材が積み重なっていた。そのなかには茶室にいた猫が使っていて、でももう半ばこわれたのでそのままにしてあったキャットタワーもあった。

　あるとき階下で、「あああああ、ぎゃあああああ」という叫び聲《ごえ》がして、次に私を呼ばう聲が響いた。急ぎ下りてみると大工さんが元・茶室の水屋のあった辺りにいて、ガス管、切っちゃった、と言ってへらへらしていた。私は慌ててU羅君に連絡を取って、ガス屋さんに来て貰った。

その様はちょっと見には有志連合軍の空爆を受けた家のようであったが、よく見ると、廃材とは別に釘や板材といった資材が整然と積んであり、また、道具や機械類が壁際に並んで、建設・創造の気配、息吹がかすかに感じられた。

そして四日目あたりから、そのかすかな息吹がたしかなものになっていった。大工さんが、木材を切削し、壁や天井を貼るその下地を作り始めたのである。二階にいて聞こえる音も、それまでは、ギャーン、ドンガラガシャッン、ドガドガドカ、アギャギャギャギャッバーン、と濁点の多いものであったが、この頃より、トントントントン、パシャ、キリキリキリキリ、ポソン。キュー、コツコツ。と、比較的穏やかなものとなっていた。

そしてそう、四日目くらいからリフォームをする際、その本質とはまったく関係がないのにもかかわらず、私を深刻に悩ませる事態が起きた。なにか。茶出し、の問題である。

職人だちは十時と三時に短い休息をとる。そして、十二時から一時までは長い休息をとる。この間に茶菓を出すのは依頼者の義務ではない、義務ではないが、出さないと、「なんだ。ここの家は」みたいな、まるで非常識で頭がおかしい、男なのに平日はブラジャーをつけ休日はキャミソールを着ている変態、みたいに思われる可能性が大なのである。

もちろん、そんなものは都市伝説であり気にする必要はない、と断言する人もある。けれどもそう断言するためには、心付けの習慣のある国に行って心付けを渡さないで恬《てん》としている程度の胆力が必要であり、私にはそんな胆力はないので、茶菓はこれをお出しする、と工事前から決めていた。

そこで朝、うぇっす、と不分明な挨拶をして職人だちが現れるや、素早くその人数を確認、素早く茶菓を用意し、十時になるやいなや、これを盆に載せ、玄関脇の元アトリエ・現駐車場のところで胡座をかいて喫煙したり、混凝土の上に寝そべっている職人のところへ行き、「あのお、よかったらこれを召し上がってください」と言挙げし、そっと置く、ということをした。

私の予測では職人だちはこれに対して、「やっ、どうも」とか、「噫座主《ああざす》」とか言ってこれを受け取るはずであった。ところが職人だちは、聞こえなかったふりをして返事をせず、私を無視したまま思い思いの姿勢で自分の世界に閉じこもっていた。それは休憩時間くらい一人にしてくれ、と言っているようでもあった。或いは、私が美しい若奥さんかなにかであれば違ったのかも知れないが、困ったことに私は職人とあまり年格好の変わらぬおっさんであった。いっそのことブラジャーでもしようかしらん。或いは、キャミソール姿で茶菓を持っていこうか。いや、そんなことをしたら余計に嫌がられるだけだ。

そんな風に心は千々に乱れ、それならばいっそ茶菓の供給をやめようかとも思ったが、小一時間ほどして盆を下げに行くと、茶菓は綺麗になくなっており、茶菓そのものが嫌がられているわけではないようなので、そうもいかなかった。

そんなことで一週間ばかりは就職はしたものの周囲の環境になじめず、もしかしたら自分はこの会社にとって不必要な人間なのではないか、と悩む新入社員のように悩んだが、必要は発明の母、とはよくいったものだ、ある方法を考案してからは悩まなくなった。

どうやったかというと、玄関脇の元アトリエ・現駐車場のところへ、たまたま家にあった小型の冷蔵庫を運び、これに飲み物と、ロッテやUHA味覚糖、森永などの菓子を入れたうえで、白髪で眼鏡をかけていない方の人に、「ここに茶菓が入っていますからね。いつでも都合のよいときに飲食してくださいね」と小声で言ったのである。

そのうえで絶対見つからないように注意しつつ家の窓から観察したところ、職人だちは頻繁に冷蔵庫から菓子などを取り出して飲食していた。これならば顔を合わせて気まずい思いをしないで済み、向こうも大嫌いな私の顔を見ないで済むわけだから互いにとって仕合わせなことだと私は思った。リフォームの際の、茶出しに苦慮されている方には是ッ非この方法をおすすめする。ちなみに告白すれば家の中から観察しているとき、私はひそかにブラジャーをつけていたかった。

さあ、そんなこともありながら破壊なった後より、ボチボチ創造が始まった。私は右にも申したとおり、晝間は二階に隠れ、茶菓を補充するとき以外はけっして階下に下りず、息を潜めて内田百閒を読んだり、「新五捕物帳」を観るなどしていたが、五時過ぎになると階下に下り、現場の様子を見て回った。

まず始まったのは、おそらくこれが木工事というのであろう、破壊した壁や天井そして床などに、木の枠というのだろうか、縦横に細い木材を打ち付けて、細長い格子のようなものが造られていた。書間、二階にいるとき恒常的に響いていた、バシュバシュ、という音はおそらく木材を釘で留めるときの音であろう。金槌などで木材を打ち込めば、トカトントン、と音がするのだが、特殊の道具を用いているのでそんな音がするのである。これならばいくら聞いても急激に虚無的な気持ちになることもなく、太宰治的な状況に陥らない。だからなんだというのだ。重要なことは不具合の解消である。私たちはそれを忘れてはならない。

とまれ、この枠組みに板を張り、壁紙を貼るなどして床や天井や壁というものができていくのである。しかし、その前にやるべきことがある。というのは、家の壁や天井裏、床下には様々の配管や配線というものがある。具体的に言うと、上下の水道があり、ガスがあり、電気があり、電話線があり、テレビのアンテナがあり、排気のダクト類もある。これらが見えるところに露出してうねうね這ったり垂れ下がったりしていたら、見た目にも見苦しく、そんなものを日々、見て暮らすと精神を病んで出社できなくなって、マルチーズの物真似をしながら牛込あたりを徘徊する、みたいなことになってしまうので、それを防止するために、壁内、天井裏、床下に隠蔽してあるのである。

なので壁など貼る前に、これらの配管工事を済まさなければならない。そこで次に現れたのは自閉的な水道屋さんと精力的な電気屋さんと社会的なガス屋さんたちである。彼らはそれぞれ上下揃いの作業衣を着ていて、そのデザインは極度に似通っているのに、なぜかそれぞれ見た目の印象が決定的に違っていて、具体的にどこが違うのだろうと観察したが、なにが違うのかはわからない。おそらくやっていることが違うから違って見えるのだろう。これはスーツ姿の会社員にもあることなのだろうが、彼らの場合はより顕著に異なっているように思えた。

彼らは家の血管、そして神経ともいうべき水道やガスや電気の配管、配線をなしていった。ことにガスや水道の配管は流し台を移設するため、大がかりなものとなった。赤い管や青い管や灰色の管が複雑に壁内や床下、天井裏を這っていた。

私はこれを見て慄然とした。これまで私は、ここに絵を飾ろう、なんつって、なにも考えず壁に釘を打つなどしていた。しかし、そこにはガス管が、或いは給水管があったかも知れないのだ。もしこれに釘が刺さって穴が開いたらどうなっただろうか。壁内に水が溢れるくらいならまだ笑える範疇だが、ガス爆発という惨事を引き起こしていた可能性だってあるのだ。テリブルテリブル。私は壁内の管を見ながら慄然としていた。

壁の中にいろんな配管が這っていることを知った私は焦った。なぜなら、コンセントの位置や照明の位置についてはU羅君とよく打ち合わせをしておらず、現場判断に任せられていたからである。

というのは、天井や床についても同じで、床についてはは温水式のガス床暖房を設置することが既に決定していたので、それを粛々と実行するだけでよかったが、天井についてはシーリングライト、ダウンライトの配置を事前に決定しなければならなかった。

つまり、電気工事に関しては、私は照明の位置、コンセントの位置、テレビアンテナコンセントの位置などを自ら確認して職人に伝えなければならなかった。勿論、本来であればU羅君に伝え、その上でU羅君から職人に指示してもらうべきなのであるが、忙しいU羅君はその頃になると、現場には殆ど姿を現さず、連絡は電話連絡に限られており、その電話もつながらないことが多かった。

もちろん、それは私にとって荷の重い仕事であったし、先にも申したとおり、私を人類と認めず、目を合わせることすら拒否している職人も多く、そういう人に専門用語・業界用語を交えずに説明するのは困難であったが、けれども死ぬ気でやるしかなかった。

というか私はその時点で実際に死んでいた。いや、生きていた。生きていたけれども、社会的には死んでいた。すべてをリフォームに賭け、仕事なんていうものは一応やってはいたが、使い物にはならなかった。私は、目刺しの目に刺すのはいまは緑のポリエチレンの細い串だが、あれをなにか別のものに替えられないだろうか、というようなことを貧しい語彙で書き綴っていた。それは、「あっぴゃぴゃぴゃ。世界旅行に行きたいな。がらがらくちゅくちゅちゅ、って感じで紀州の串本を通って。見えない目から涙を零《こぼ》して」といった具合だった。そしてブラジャーも買いに行けないでいた。

そんなだから別に死ぬ気になるのは簡単だった。生きているときの死ぬ気は非日常的な勇気だが、死んでいれば常態だからである。

しかし、幸いなことに電気工事を担当する腰からいろんな物をぶら下げていて、歩く度にガチャガチャ音のする、短軀で精力的な小父《おじ》さんは、大工さんや給排水設備工事の殺人者（みたいな人）のように気むずかしい感じはまったくなく、気さくな、なんでも言えるタイプの人で、率直に言って私はこの人には親近感を抱いていた。

というのは、この人は今回の工事が始まって初めて来たのではなく、実は二〇〇七年の第一期工事の際から来てくれていて、その間も何度も話したことがあるのである。

勿論、依頼者と職人の関係であるから、仕事以外の話はしない。けれども言葉の端々に、ちょっとした表情、仕草によって、この人はその都度、深い印象を残した。

例えばあるとき、私は急にこの人を呼んだことがある。

なぜ呼んだかというと、まず最初、突然、知らない人が訪ねてきて、スズランの苗を呉れる、という割とカフカ的な出来事があって、私はこの苗を庭に直植えしようと、たまたま家にあった小さい鍬《くわ》（確か、ミニぐわ、という商品名であったと思う）で、水盤の横の、不細工な防草砂利が敷いてあって、苔《こけ》か草でも生えればもっと風情が出るのに、と思い、蝦根《えびね》とかを植えたのだけれどもあまり効果が上がっていないあたり、を掘り返した。

ざすっ。ざすっ。ざすっ。おお、容易に掘ることができる。こうした単純な肉体労働は心身を健やかにするなあ、なんていうのは労働をしたことがない腐儒《ふじゅ》の戯言には違いないが、こうしてすぐに目に見えて結果が出るというのは気持ちのよいことだなあ。ざすっ、ざすっ、ざすっ。

そうやって気分よく穴を掘っていると、ガツッ、となにかに鍬の先がぶつかった。慌ててしゃがみ込み、手で注意深く掘り返してみると、土の中から金印が出てきた。私は金印を懐にねじ込み、代官所に向かって駆けだした。というのは嘘。でも鍬の先になにかがぶつかったのは本当で、屈み込んだのも本当。金印というのが嘘で、本当は私は地中に埋設されていた電線を掘り当てたのだった。

そして掘り当てただけでなく、なんということをしてしまったのだろうか、いい気になってざすざす掘りすぎて、鍬の刃先で電線を切断してしまったのである。

もしこれが短絡していたら。

考えて私は青くなった。短絡するということは私は専門家ではないのでよくわからないが、コンセントに接続してある電化製品はすべて壊れる、ということで、また、家中の電線が黒焦げて使い物にならなくなり、家の壁や床を全部、破壊して修繕しなければならないのではないか。もっと言うと、電力会社の設備などももしかしたら壊れて、莫大な損害賠償請求をされるのではないか。もうそうなったら死ぬしかないな。

そう思った私は暫くの間、ボンヤリと庭に立ち、半眼で涎を垂らして池の鯉を眺めるなどしていたのだが、暫くして我に返り、美奈美乃工務店のU羅君に連絡を取った。

そのU羅君から連絡を受けて直ちにやってきてくれたのが件の電気職人の小父さんで、いつものようにガチャガチャ音を立ててやってきてくれた小父さんは私の顔を見るなり、

「どうしたん？」

と言ってくれて、私はその声調に感動した。

なぜならその声調が、まるで親身な親戚の小父さんが心の底から心配をしてくれているようであったからである。

爾来《じらい》、私はこの電気屋さんに全幅の信頼を置いているし、この電気屋の小父さんであれば、どんなことでも屈託なく言えるのである。

その日、結局のところ大事に至っておらなかった地中の電線を修繕した小父さんは、門からではなく、駐車場にいたる三メートルくらいある石垣を、まるでクライマーのように足場を確保して登っていった。私はその姿を頼もしく眺めたものである。

という訳でなんでも言える電気職人さんに私は、引っ掛けシーリングライトの取付位置、ダウンライトの個数と位置、テレビアンテナ端子及び電気のコンセントの位置を指示した。

と言うと、なんでも話せる相手なのだからさぞかし指示は楽だったでしょう、と思われると思うが、そうではなく、指示は難しかった。

なんとなれば、例えば引っ掛けシーリングの位置ということはペンダントライトの位置を決めるということでありペンダントライトの位置を決めるということはその真下に置く、ダイニングテーブルの位置を決めるということだからである。

しかし、廊下側に拡張なったとはいえ、リビングルームの真ん中あたりは以前と同じ巾しかなく、仮に、そこにダイニングテーブルを置き、またチェアーなどを置いた場合、北側のキッチンから、南の掃き出し窓への通行が困難となり、不具合が解消したつもりが、そのことによって別の新たなる不具合が生じる、ということになる。

ならばダイニングテーブルの位置さえ決めれば、例えば、もっとも南の、廊下側、及び、浴室側に大幅に拡張した、元・茶室のあったあたりにダイニングテーブルを置くことにして。そのうえに引っ掛けシーリングをつければよいか、というと話はそう簡単ではなく、そうすると、こんだ、テレビアンテナコンセントの位置に支障が出てくるからである。

どういうことかというと、リビングルームには、ダイニングテーブル以外に、テレビジョン、小さめのソファー、素敵なキャビネットを配置しなければならず、ひとりダイニングテーブルだけに南側のよい位置を占めさせることはできないからである。

勿論、家具の配置だけの問題であれば、後々いくらでも変更できる。けれども、引っ掛けシーリングやダウンライトやテレビアンテナコンセントの位置を後日、変更しようと思ったら、またぞろこの破壊と創造のプロセスを一からたどり直さねばならず、それは体力気力の面から見ても、また、資金面から見ても到底不可能で、なので、どうあっても間違いのないようにこれを考えねばならず、私は深夜・深更に至るまで、U羅君が書いてくれた図面に、鉛筆で、ソファ、TV、テーブル、キャビネット、と書いては消し、書いては消して、そのうち、いちいち消すのは面倒だ、と、紙をそれぞれの形に似せて切り、図面の上にチマチマ並べていろいろ試してみたが結論は出なかった。

しかし、工事はそんなこととは無関係に進む。

おそらく、大らかで小さな事は気にせず、こんなことでくよくよ悩んでいる人間が世の中にいるなんて考えたこともない、あの人のよい電気屋さんは、このまま私がなにも言わなければ、だいたいこんなものだろう、と、よい加減な位置にそれらを設置するだろう。そしてそれが新たな不具合を呼ぶ。私はダイニングテーブルの上に正座してテレビジョンを視聴し、南北の通行は不便をきわめ、あるところは眩しくていられないくらいに明るく、あるところは前に座っているのがたれだかわからないくらいの暗闇となり、私は鬱の症状を呈して、恐怖と恥辱に狂い回り、ついには冬の韃靼《だつたん》海峡を越えていくことになる。

ならば。出たとこ勝負であっても自分で指示した方がまだ諦めがつく。

そう思った私は意を決して階下に下り、電気屋さんにそれぞれ位置を指示した。

まず、私はダウンライトの位置と個数を小父さんと相談しながら決めていった。その基準は、直観である。そして玄人である電気職人の小父さんは素人の直観に、当然のことながら異を唱えた。配置に対してではなく、その個数に対する疑義を彼は提出したのである。

彼は、「それじゃあ、少なすぎる。暗い」と言った。

私は南の拡張なった側とかその手前の東西が狭いところに、それぞれ三個宛の配置を訴えた。それに対して彼は、五個宛は必要だ、と言った。けれどもそうした場合、器具の費用も嵩むし、月々の電気代銀も高くなるに違いない。それよりなにより、私は谷崎潤一郎の言うことはすべて正しい、と頑なに信じていて、その谷崎潤一郎が天井からの明かりで部屋の隅々まで煌煌と照明するのは極悪非道、と書いていたような記憶がまるで薄禿のような感じで頭の中に残っているので、そんなには増やしたくなかった。けれども、ここで大谷崎を持ち出して議論に勝っても、お互いに後味が悪いだろうから、妥協して四個四個ということにし、配置は概ね、小父さんの言うとおりにした。

しかし、引っ掛けシーリングの位置についてはそういう訳にはいかなかった。なぜなら、この位置を間違えると、本来、ダイニングテーブルの真ん中に垂れ下がるべきペンダントライトが、頭のてっぺんちょに垂れ下がり、夜など、カッパがフランシスコ・ザビエルの物真似をしている、みたいな莫迦なことになってしまうからである。

しかし、ダイニングテーブルを置く位置は決まらない。そこで私は、南側の広くなったエリア、また、真ん中の狭いエリアの天井のほぼ中央、二箇所に引っ掛けシーリングをとりつけるように指示した。その頃はまだ一般的でなかったので思いつかなかったが、いまならダクトレールを用いることでこの問題を容易に解決することができる。

それらのスイッチについては入り口脇など操作しやすいところに配置した。

同様に位置が決まらなかったのが、テレビアンテナコンセントで、これも西南隅の茶室の躙り口のあったあたりと、廊下を北側につづめたその突き当たりの壁と直角に交わる壁に取り付けた。

さらに、生活していて大抵、不足に感じるのが電気のコンセントで、多くの家庭でまるで外道のような蛸足配線がなされている。これを解消するために私は、二十畳ほどのスペースの十二箇所にコンセントを付けまくりたくった。お蔭で蛸足配線を排することができた。

さらに、今回それを設置する予定はなかったが、もし将来、急にそんなものを付けたくなったときのために、ブラケットライト用の配線も引き回して貰った。現今、それは壁の向こうに隠蔽されているが、将来、設置したくなれば配線は予めなされているので、壁や天井の破壊は最小限で済む、という寸法である。ただし、何年か経って、その位置を忘れてしまったというのは、骨を土に埋めて忘れている犬と同じで、悲しいなあ、といまは思っている。

一見、すべらかに見える家の壁や天井、床下には様々の配線や配管が這い、それらは恰も人体における血管や神経のごとくである、ということを申し述べてきた。そして、リフォームを為すに当たっては、コンセントや照明の位置も予め考えておくべきである、ということを申し上げた。

じゃったら、もう壁を張って壁紙を貼ってもよい訳だよね。どしどし行きましょうや。どんどん行きましょうや。そしてドンドン焼きを貪り食いましょうや。貪婪《どんらん》な豚のように。と皆々様は仰るのかも知れないが、ちょいま。壁のなかにはもうひとつ重要なものがあって、そのことについて語らないわけには参らない。

壁のなかの重要なもの。そはなんぞ。申し上げる。断熱材である。そう、壁のなかには断熱材というものがギュウギュウに押し込んであり、これによって家の中の熱を閉じ込め、また、内外の温度差による結露などを防止しているのである。

古い一戸建て住宅で極度に寒い家があるが、それはもしかしたらこの断熱材が入っておらないからかも知れない。

そこで私方はどうだったかというと、例によって夕方、職人だちが帰ってから見回ってみると、一応、断熱材は入ってはいた。入ってはいたが、見るからに旧い感じがした。

そも断熱材とはどういうものかというと、まあ、いまは技術が進み、いろいろな断熱方法があるようだが、ふわふわした繊維の塊のようなものが、細長いビニール袋に入っているのが一般的で、これを下地の桟の間にくまなく挟み込むようにしてその上から石膏ボードを打ち付けるのである。

しかるに私方のはどうかというと、まず、外側の袋がビニールではなく茶色い紙であった。しかもそれが結露等したためであろうか、なんだかくたくたしていた。断熱材というものはひとたび濡れればその効力を失うと聞く。ならば、私方のこの断熱材はもはやその効力を失っているのではないだろうか、という疑問が頭の中に湧いて湧《わ》いて、涌きまくってもう半分踊っていた。

そしてさらに恐ろしい光景を私は目撃した。

新しく設置した鞘管《さやかん》などが這うあたり、すなわち家屋西面のかつて流し台のあったキッチン領域の壁には、はっきり言って断熱材がまったく入っておらなかったのである。

こは如何《いか》なる禍事ぞ。

道理で寒いはずであった。私はなにも知らない儘《まま》、断熱材のまったく入っていない部屋に暮らしていたのだ！

なんという不手際。なんという恥辱。私は慌てて周囲を見回した。誰もいなかった。当たり前の話だ。誰かいたらそれは幽霊だ。けれどもそんなこともわからないくらいに私は取り乱し、混乱していた。

　こんなところをひとに見られたらなんと言われるだろうか。見つかったら終わりだ。そんな思いで頭がいっぱいだった。

　道を歩いていると世の中の人が目引き袖引き私の噂話をしている。

「おい、聞いたかい、あいつ、断熱材も入ってない家に住んでるらしいじゃないか」

「聞いた、聞いた。信じられないよな。宇宙時代と言われるこの現代に」

「ホントホント。莫迦としか思えないよな」

「っていうか、莫迦なんだよ。いまどき断熱材のない家に住むなんて、どう考えても莫迦でしょ。だからあいつの文学は駄目なんだよ」

「そりゃそうだな。断熱材もなしに文学なんてできるわけがない」

「当たり前だよ。おい、ちょっと石をぶつけようぜ」

「いくらなんでも、そりゃまずいだろう。奴にも人権ってものがある」

「いいってことよ。断熱材のない奴に人権なんてあるものか」

「それもそうだな。えいっ、えいっ、えいっ、と、くらあ。はははははは。しっぽを巻いて逃げていきやあがった。ざまあみやがれ」

　と、そんなことになり、私は大怪我をする。いや、死ぬ。

　そんなことにならないためには私はどうしたらいいのだろうか。泣き濡れて蟹と戯れていればよいのだろうか。裏庭でときどき沢蟹を見かけるが、いまいるとは限らない。いっそ、自ら縊れて死ぬるか。

そう思って私は周囲を見回した。

電動鋸《のこぎり》があった。この電動鋸を首に当てスイッチを入れれば私は確実に死ぬ。おおそうだ。それでいこう。私は電動鋸を手に取り、電源コードをコンセントに差し込もうとして屈み込んだ。

そこに大工さんの上履きなのだろうか、小さな青いズック靴がきちんと揃えて置いてあった。そのズック靴の中敷きになにか文字が書いてある。

なんて書いてあるのだろう、と屈み込んで見ると、中敷きには、職人魂、という文字が書いてあった。

職人魂。あの、無愛想な大工さん。その人の心のなかには職人魂がある。そして、それを人に見せることなく、靴の中敷きに書いている。柱と梁を組み立てる。うまくいかない。くじけそうになる。まあ、いいか、適当で。と悪魔が囁《ささや》く。それに対して足下から職人魂が脳髄めがけて、ズコーン、と沸き上がってくる。なんば言いよっとか。そんなことは職人魂が赦さぬ。もう一度、トライするのだ。それで駄目だったら、もう一度、それで駄目だったらもう一度。最高の収まりになるまで何度でもトライする。それが職人魂というものだ。

そんな強い心を持つためにあの人はこんな靴を履いている。そしてそれを自分の心に秘めて、誰にも言わない。誰にも見せない。そのために胃炎になることもあるかも知れない。フケが出るかも知れない。けれどもそんなことは気にしない。魂で乗り切る。魂で仕事をする。

そんな強い心をあの人は、あの挨拶もしないで目をそらす人は持っていたのだ。

それに引きかえ私はなんだ。

ちょっと断熱材がないくらいで死ぬの生きるのと大騒ぎをする。大体が私は本当に死ぬ気だったのだろうか。いまとなってはそれすら疑わしい。そうだ。断熱材がないのなら入れればよい。そのための工事ぢゃないか。そのためのリフォームぢゃないか。めくってみなきゃわからない、ぢゃないか。それを忘れてどうするのだ。しっかりせんかい！

私は自分を叱咤し、携帯電話を取りだして、U羅君に電話をかけた。U羅君がすぐに出た。

「ハロウ、HowareU?　ディスイズマーチダスピーキン」

と言おうと思ったがふざけているように思われると嫌なのでそうは言わず、

「あ、どうもマーチダですけど」

と言った。以下はU羅君との会話。

「あ、どうもお世話様です」

「実はですねぇ、いまちょっといいですかあ」

「あ、大丈夫です」

「実はですねぇ、あすこの流し台のあったところの壁あるじゃないですかあ」

「ええっとお、はいはいはいはい、ありますねぇ、壁」

「あの壁のなかにね、断熱材がぜんぜん入ってないんですよ」

「ああ、そうですか」

「それでね、あんまり驚いてないのが驚きなんですけどね、まあ、それはいいとして、とにかく断熱材って入ってないとまずいですよねぇ、家として」

「ええ、まずいですねぇ」

「その冷静な感じが理解できないんですけどね。とりあえずなので、壁を張る前に断熱材を入れてほしいんですよ」

「わっかりました」

「あ、それとね、あの、その前のっていうか、いま入ってる断熱材あるじゃないですかあ」

「ええ」

「それがね、なんか、すっごい古い感じで、断熱効果、まだあんのかなあ？　って感じなんですけどね、あれ替えなくても大丈夫ですかねぇ」

「ああ、大丈夫じゃないですかねぇ」

「なんか、すっごい駄目っぽい感じするんですけどねぇ」

「大丈夫だと思いますよ。水に濡れたりとかしてない限り大丈夫なんですよ」

「なるほどね。じゃあ、とにかく流し台のあったとこだけはよろしくお願いします」

「わかりました。では失礼します」

「よろしくお願いします」

「こちらこそよろしくお願いします」

と言ってU羅君は電話を切った。

全体にはかばかしくない印象だった。なにしろ危機感がまったくなかった。私のイメージでは、断熱材がない、と伝えた瞬間、「えええええええええっ」と大声を上げ、「たいへん申し訳ないことをいたしました。腹を切ってお詫び申し上げます」くらいのことは言ってくれるのかと思っていた。しかるにU羅君はちっとも驚かないし、ああ、わかりました。みたいな軽い調子で、本当にやる、という気迫がまったく感じられない。つまりは、やります、やります。と口では言っておきながら、実際はのらりくらりと追及をかわして、結局はやらず、こっちが根負けするのを待って有耶無耶《うやむや》に終わらせようとしているのだろう。

U羅君。俺はあんたがそんな男だとは思わなかったよ。所詮はあんたも業者ってことだな。こっちは一生、住む家を大金を払ってリフォームするから必死だ。でもあんたらにとっちゃ、毎日のことだ。いちいち、こっちと同じテンションになってらんねぇよな。はははは。おほほほ。それを期待した僕が阿呆で間抜けだってことだよ。けどひとつだけ聞いていいかなあ、U羅君。あの天井裏に入っていってくれた情熱はなんだったんだよ。あの情熱は嘘だったのかよ。演技だったのかよ。俺は信じたかった。あのときのおまえの情熱だけは信じたかった。

気がつくと一升、空いていた。私はふらつく足取りで二階へ上がって着の身着のままで寝台に倒れこんだ。

サラスポンダサラスポンダサラスポンダレッセッセッ。

そんな文言が頭の中をぐるぐる回って、それに合わせて骨折した極彩色のU羅君が踊っていた。それに対して、踊るなっ、と怒鳴ったのは覚えているがその後のことは記憶になく、意識を取り戻したのは翌日の朝だった。

チャンチュラ。小鳥が鳴いていた。既に階下では物音がしていた。けれども私は横たわったまま動かなかった。ははは。どうせ、断熱材も入れて貰えないんだろ。勝手にするがいいや。私はそんな具合に不貞腐れていた。

けれども十時の茶だけは用意しなけりゃな。用意しないでいたら断熱材はおろか、柱も入れて貰えないかも知れないからな。

そんな虚無的な思いでペットボトル入りの茶を玄関脇の茶菓置き場に置きに行こうとしたのが、そう、九時半頃だっただろうか。

こんな虚無的な気持ちで用意した茶菓と、昨日までのポジティブな気持ちで用意した茶菓とではやはり味が違うのだろな。

そんなことを思いながら盆を持ち、玄関の戸を開けて表に出ると、玄関脇に真新しい断熱材が山と積まれていた。

私は驚愕した。

というのはそらそうだろう、U羅君の昨夜のやる気のない態度はどう考えても、断熱材の工事なんて儲からないし、面倒くさいので言を左右にしてやらないでおこう、という態度だった。しかるに、いま玄関脇には断熱材が山と積まれている。これはどういうことか。

結論から言うとU羅君は自信があったのだ。なにに？　そう、自分のロジスティクスの能力に極度の自信があったからあんな熱のない感じだったのだ。

極度に熱を込めて甲が言う。「お願いします」と。これに対して乙が極度に平板に、「いっすよ」と言う。甲は、こんな大変なことを頼んだのに、あんなに安請け合いをするということは要するに真面目にやる気がないのだな、と判断して傷つく。

というのが私とU羅君の遣り取りに対する私の見取り図だった。

ところが実はそうではなかった。

急にそんなことを言われ、一からそれを手配するのは大変だろう、と私は一方的に思い込んで深刻に相談を持ちかけたが、U羅君にとって、そんなことは大変なことでもなんでもなく、単なる日常の一コマというと言い過ぎかも知れないが、U羅君にとって、そんなことはなんでもないことだった。だからあんな平板な受け答えをしたのである。

なぜそんなことになったのか、というと素人と玄人の違いであろう。

素人にとって死ぬほど大変なことも玄人にとっては別段大変なことではない。もちろんそれが極度に専門的で極度に先端的な、iPS細胞の作製とか、燃料電池車の製作といったようなことであれば、専門家でもなかなか苦労するだろう。

けれどもそれが、枯れた技術、すなわち技法も手法も研究され尽くして広く一般に普及したような技術であれば、専門家にとっては造作もないことなのである。

しかし素人はそれを知らないのでいちいち大騒ぎをする。

日曜大工は言うに及ばず、蕎麦打ち、にぎり寿司、油絵、自分史執筆、家庭菜園など、なんだってそうだ。大騒ぎして資料を渉猟し、ネットで検索し、資機材を買い揃えて、挙げ句の果てに大失敗をする。

しかし、蕎麦屋にしろ、寿司屋にしろ、本職はそんなことはしない。黙って白衣に着替え、いつもどおり淡々と、慌てず騒がず作業に取りかかる。その間、素人のようにいちいち、「ああああっ」とか、「うわうわうわうわっ」とか、「しまったあー」などと叫ぶことはない。基本的に黙っている。

それはそうだ、寿司屋のカウンターに座っていて、鮨《すし》職人が、「ああああっ、大トロだあっ、カッケー」などと叫んでいたら落ち着いて食していられない。すなわち、一切、感情を動かさない。それどころか、「明日は休みだからパチスロに行くかな」とか、「共産も生活もいいが、僕はやはりタリーズコーヒーが好きだ」などとよそ事を考えていることすらある。それでいて素人が全身全霊をこめて握った鮨より一千倍もうまい鮨を握る。

それが玄人の仕事というものなのだ。

もちろん私だって自分で断熱材の工事をしようと思っていたわけではない。ただ、あまりにもリフォームに身が入りすぎたため、つい夢中になって、まるで自分がするような気分・立場になりすぎて、大変なことなんだよ、これは。と思い、U羅君にも同様の熱情を求めてしまっていたのだ。

いやー、スコタンスコタン。

このことから導きだされるのは、素人の立場で熱くなるな、という教訓である。やはり依頼主は一歩引いた、使用者としてのスタンスで現場を見つめるべきなのである。

しかしそれにつけても驚いたのはU羅君、ひいては美奈美乃工務店のロジスティクスである。夜、電話でちょっと言ったら、翌日には資材がもう届いている。

これまで意識していなかったが、考えてみればずっとそうだった。玄関脇には常時、資機材が山積みになっており、私なンど、おほほ。山積みだ、としか思っていなかったけれども、それらは常に入れ替わっていた。

つまり、その都度、必要な資材がベストなタイミングで運び込まれ、現場において費消され、空いたスペースにはその次の工程に於いて必要な資材がすかさず運び込まれていたというわけだ。

この手順が少しでも狂ったらどうなるであろうか。つまり、職人は現場で待機しているのに、材料が届かない、ということになったら……。職人はなすすべもなく現場に立ち尽くし、シガレットをくゆらしつつ、ぼんやりと風景を眺めて、いままでの人生を振り返ったり、これからのことを考えたりするしかない。或いはポケットに忍ばせたタルホイナガキの文庫本を読む、といった小粋な職人もなかにはいるのかも知れない。もちろん、人生にはそういった時間が必要だ。ただし、考えて欲しい。その瞬間、瞬間にも日当というものが派生しているのだ。もちろん、総額は変わらないので、依頼主の懐が痛むわけではないが、そんなことで工期が延びれば、必ずどこかにしわ寄せが来るのであり、そうなれば誰も得をしない。

だからこそ、うまくいって当たり前なので、順調に回っているときは誰にも賞賛されず、うまくいかなかったときは一身に批判を浴びる、ロジ、という地味な仕事は重要なのである。目立つ場所にしゃしゃり出て、俺が俺が、と騒ぐ奴もいる。誰も見ていないところで確実に仕事をしている奴もいる。町内の祭礼にて骨が折れるまで神輿を担ぎ、踊りまくる男、U羅君は後者であった。

そんなU羅君を一瞬でも疑った自分を恥じた私は、玄関先で暫くの間、雀を眺めていた。雀百まで踊り忘れず。

そんな文言が頭の中で爆音で鳴り響いて止まず、気が狂いそうだった。リフォーム踊りという踊りを私は百まで踊り続けるのだろうか。ははは、既に私は永久リフォーム論の虜《とりこ》だ。はははは、あはははは。ブラボウ、U羅君のロジスティクス、ブラボウ、私たちのくそったれリフォーム。

私は錯乱状態で二階に駆け上がり、その日は午後の茶出しもしないでテレビ時代劇などを観て過ごした。

いや、そんな私の心理状態などどうでもよい。私はリフォームにおけるロジ、兵站《へいたん》の重要性について申し上げているのだ。

さあしかし、全工程の全兵站をU羅君が担当していたのかというと、そうでもなく、U羅君が手配し、調達する物資は大工が関係するものに限られた。

というのは既に申し上げたところであるが、こうした現場にはいろんな部署・パートの人が参画している。そして見積もりのところで申し上げたとおり、そのそれぞれは経済的に独立した企業体である。よって、そのそれぞれの部署で必要な資材はそれぞれが調達する。

ではなぜ、大工が関係する資材はU羅君が調達するのかというと、大工が美奈美乃工務店直属の部隊だからである。

という訳でそれぞれの部署の人たちがそれぞれ必要な資機材を適宜、搬入してくるわけだが、リビングの最南端、ウッドテラスに面する掃き出し窓を二人の男が運んできたのは印象的だった。

この窓は、幅が二メートル六十センチ、高さが二メートルもある巨大なもので、外側に戸袋のような枠がついており、太い窓枠によって縦長に四分割された窓は中央で左右に開くと、左右に開かれた二枚の窓が中途で前後に重なって戸袋に収納され、全開口する仕組みになっていた。

よってこれを開くと南側に向けて著しい開放感を得られ、かつまた、面積が広いため、陽の光をふんだんに室内に取り込むことができた。

しかし、そうして巨大な分、重量も相当のものらしく、これを運んできた二人の男は、北側の門を通って、庭先の東側、池の畔を巡って、南の裏庭、ログハウスのあるあたりまでこれを運ぶのにたいそう苦労をして、何度も地面に下ろして休憩をしていた。

最初、私が意外に感じたのは男たちの服装であった。

それぞれ属する部隊によって作業服の感じが微妙に異なるのは既に申し上げたところだが、少なくとも出入りする職人だちはみな作業着を着用していた。

ところが、この二人は私服であった。しかも、ミュージシャン風の私服であった。それも、ファッション全般に広く取り入れられているロック風味ではなく、割とピンポイントな、レゲエ風味で、緑、黄、赤、のダンダラ編みの毛糸帽からはみ出た長髪は、細かく編まれていて幾つもの棒のように垂れ下がっていた。

スチャ、スチャ、スチャ、スチャ。そんな音がするような風体で、巨大な窓枠を運びつつ、ときおりは休む二人を私は、用がある振りをして庭に出て、密かに観察した。

したところ、二人の態度や物腰もまた、他の職人だちとはよほど変わって見えた。

それを一言で言うと、冷笑的、ということになるのだろうか、いまも言うように、腕が疲れてくると二人は巨大な窓枠をそっと地面に下ろして休んだが、その都度、工事が進む現場の様子や、或いは庭の佇《たたず》まいを、首を左右に回して見ては、顔を見合わせてニヤニヤ笑った。

最初、私は彼らがなにを笑っているのかわからなかった。もしかしたら、ここに来る前になにかおもしろいことがあって、それを二人で思い出して笑っているのか、とも思った。

けれども何度か彼らが疲れて休み、そしてニヤニヤ笑うのを何度か見るうちにそうではないということがわかった。

彼らは馬鹿にしていたのだ。

なにを？　それは具体的にはわからなかった。けれども彼らは間違いなく馬鹿にしていた。

彼らは私たちの感覚とまるで違った、別の感覚を持っていて、なにこれ？　バカじゃね？みたいに思っていたのだった。

その場合の、私たち、というのは、私やU羅君や大工や電気屋や建具屋や設備屋のことで、私たちはそれぞれ随分とかけ離れた感覚を持っているとお互いに思っているが、もっとかけ離れたところにいる彼らから見れば同じように見えるのだろう。

例えば、大工さんがなんらかの枠組みを作っている、とする。彼らからすればそんな枠組みはなんの意味もない、見ていて溜息が出るようなくだらない枠組みなのだ。

或いは、庭に紅葉があったとする。彼らはなぜ庭に紅葉を植えるのか、まったく理解できない。多くの場合、枝振りや、或いは、色づいた葉っぱを観賞するために植えるのだろうが、彼らからすれば、そんなものを見るのは、道端の電柱をさも興味深そうにじっと見つめているのと同じくらい奇怪な行為なのだ。

なぜそれがわかったかというと、まったく口をきかずにニヤニヤ笑うばかりの彼らが、疲れながらもようやっと窓枠を南の庭先まで運び、そっと地面に下ろし、雨や風から保護するためのシートや布を巻き付ける作業を終え、ようやっと帰る段になって、初めて交わした会話を耳にしたからである。彼らは言った。

「なんで、こんなもんつけるんだろうね」

「ほんとだね」

そう言って彼らは暫くの間、見つめ合い、ゲラゲラ笑いながらスチャスチャ帰っていった。

後で見に行ってみると窓枠には丁寧にビニールなどが巻き付けてあり、下には傷がつかないよう古毛布が敷いてあった。毛布から独特の香ばしい匂いが漂った。

彼らは自分が運んできたものにも意義を感じていないようだった。あらゆる現実を拒否しているようだった。それはそれでよいことなのかも知れない。けれども私は自分のリフォーム論を揶揄《やゆ》されたようで厭な気分だったし、かつまた、レゲエは好きな音楽なだけにより残念だった。

そんな掃き出し窓がやがて装着され、と同時に、屋根の西側二箇所に天窓が穿《うが》たれた。南側に巨大な窓が付き、屋根には天窓があるということがどういうことか。それは激烈に陽が入り、激烈に明るい、ということである。ということは同時に冬は激烈に暖かい、ということである。

と言うと、「ということは同時に、夏は激烈に暑い、ということではないのか」と、心配してくださる方があるやも知れぬが、それは大丈夫、なぜなら、夏場は太陽が中天近くを回り、さほど室内に日が射さぬからである。もちろん、熟練の職人はさうしたことも計算して天窓の位置を決めたようである。

このことによって、どんな快活な人間でも一週間で鬱病になるような部屋の暗さ、というものは完全に解消された。

職人が帰った夜、私は天窓がうがたれたリビングでひとり、いいなー、と言いながらニヤニヤしていた。

しかし、ただニヤニヤしていた訳ではなく、私はある指示をU羅君に出していた。

それは瓦の保管・保持である。

どういうことかというと、屋根に天窓・トップライトを穿つ、ということはその分の屋根材が不要になるということである。

建築現場において不要なものは、ガラ、すなわち廃材として廃棄処分される。瓦もしかりである。

そこで私はU羅君に瓦だけは廃棄せず、軒先などに積み上げておくように伝えておいた。なぜなら既存の瓦が破損・汚損したさいのスペアとして使用できると考えたからである。

いまこの稿を書いている現在、瓦の交換はしておらないが、有効な処置であったといまでも私は思っている。

なぜなら三十年前に建造された家屋の屋根に葺かれた瓦と同じサイズの瓦が現在の市場に出回っているとは考えにくく、となるとたった一枚の瓦がないために、屋根全体を葺き替える、ということになってしまうからである。

せこい男。という批判は甘受する。

なぜなら、そもそもリフォームというのが、何度も申し上げているとおり、日常生活において感じる不具合の修正、すなわち些事の集積であるからであり、天下国家を憂う、みたいなこととはほど遠いことであるからである。

例えば、文豪・司馬遼太郎先生なども好んで描いた、志士・坂本龍馬が、「この部屋、収納、少ないぜよ。押し入れを西洋の closet ちうもんに改造するぜよ。瓦のスペアも必要ぜよ」みたいなことを考えたかというと。考えなかった。そんなことよりも、この日本国をどのようにするか、ということを考えていた。そのためには命を捨ててもよい、と考えていたのだ。

なのに私は、いっやー、日当たりがよくなって布団もよう乾くぜよ。みたいなことに自足して、日本国のこと、国民の暮らしのことなど一切、考えていない。

恥ずかしくないのか。

まあ、恥ずかしいことは恥ずかしい。そんな風に言われると、自分がまるで、自分の家の日当たりのことしか考えていない、自分の家の日当たりさえよければ他人なんてどうなったってかまわない、知ったことではないと嘯いて恬然としている利己主義者にでもなったような気持ちになる。

けれども、結果論から言うと、私が国家国民のことを考えない方が結果的に国家国民の利益である。なぜなれば私のような者が国家国民のことを考えたら間違いなく間違うからである。

なので申し訳ないが私は引き続きリフォームのことだけを考える。

さあ、という訳で天窓がついて日当たりがよくなったリビングルームだが、天窓を付け終わった大工さんはさらに素晴らしきことをやり始めた。

巨大な掃き出し窓に続く南の庭にウッドテラスを作り始めたのである。

通常であれば南の庭は主庭にする場合が多いのだろうが、南北に細長く、かつ、西に寄って建つ私方は東側に広い主庭が取られ、南側は裏庭である。

この裏庭に二十畳大のウッドテラスを作製するという計画がいよいよ実行されたのである。

その裏庭の先は急峻《きゅうしゅん》な崖であり、石段の下には沢が流れ、その向こうは山である。

ということはどういうことかというと、人目がない、ということである。

ということはどういうことかというと、人目を気にせずうち寛ぐことができる、ということで、これはウッドテラス作製のポイント・肝である。

つまり例えば、南道路に面した土地の南側の庭にウッドテラスを作製したらどうなるか。

ウッドテラスでビービーキューなどした場合、道路を通行する多くの方々にその姿を見られ、あまり寛ぐことができぬ、ということになる。

以前、私はある別荘地を歩いておったところ、そうした状況下でビービーキューをしている家族を目撃したことがある。

その日は休日で往来には多くの人が通行しており、人々は、「ははん。ビービーキューをしていやがる。馬鹿な奴らだ」みたいなことを口に出しては言わない、言わないけれども、心のなかでそう思っていることが確実にわかる目つきで、その家族を見て通り、その家族は、非常に気まずく、苦しい感じでビービーキューをしていた。

「どうせ、安売りの肉だろう」「あれは第三の麦酒だ。僕なら三鞭酒《シャンパン》を飲むがね。くわつはつはつはつはつ」「ああ、肉くさい。いやだ、いやだ。私はビーガンなのに」といった声もチラホラと。

そしてそのウッドテラスができた頃、そうして誰も現れぬはずの場所に闖入者《ちんにゅうしゃ》が現れた。その男は痩せて小柄で黒縁眼鏡をかけていた。初めて見る男だった。どことなく独尊的で人を見下したような態度だった。その男はおそらく正面の門より入り、東側の主庭、池の畔を巡り、裏庭のテラスに上がったのだろう、巨大な掃き出し窓の左手から現れた。

私はたまたまそこにいた。本当に、たまたま、だった。

その男は某警備会社の社員だった。

言い忘れていたが、私は某警備会社と契約していた。警備会社は家のあちこちにセンサーやブザーや、大仰なインターホンのようなものを取り付けていた。作動時、無断で侵入する者があると自動的に警備会社に信号が入り、警備員が駆けつける、というシステムである。そのため警備会社には先方の求めるまま、鍵を預け、緊急の連絡先も伝え、家の間取りや生活パターンなど、事細かに伝えてあった。

そしてその際、警備会社の人は、「リフォームなどで間取りの変更等ある場合は必ずお伝えください」と言っていた。なので私は工事に入る前に警備会社に電話をし、「今度、リフォームするかも」と言った。したところ、警備会社の人は色めき立ち、興奮したような様子で、「そ、それは、大変なことです。必ず必ず、どのように変更したのかをお知らせください」と言った。私は、「わかりました。工事が終わったらご連絡いたします」と言った。

私は言ったことは必ず実行する、或いは、実行したい、と思っている。なので、工事が終わったら、かくかくの間取りになった、と連絡するつもりであった。ところが警備会社は焦りに焦り、早く間取りを知りたがり、頻繁に電話をかけてきては、「ど、どうなりました」と息を荒くして聞いてきて、その都度、私は、「工事が終わったらご連絡しますから」と言っていたのだが、とうとう我慢ができなくなって人員を派遣してきたのである。

私にろくに挨拶もせず、短い言葉で来意を告げた男はウッドテラスから工事中のリビングを眺め、そして独り言のように、「は、ほーんこうなったか」と言って、その態度は、まるで地方に視察に訪れた政府関係者のようであった。

そう言って、上の方を見回しながら男は土足のままリビングルームに入った。

挨拶をしない大工がチラと男を見た。大工は青いズック靴を履いていた。その中敷きには職人魂という文字が書かれている。

私のなかでなにかが発火した。気がつくと私は警備会社の男の胸倉を摑み、怒鳴っていた。

「おまえ、なめとんのか、こらあ。なに、土足であがっとんじゃ、こらあ。謝れ、こらあっ、そこにいてはる棟梁に謝れ、こらあっ。なんでや、みたいな顔しとんのおっ、この、ど間抜けがっ。ほな、教えたるわ。いま棟梁が履いてはる靴、見てみい、靴。あら、おまえ、上履きや、ぼけえっ。お互い他人同士が集まる工事現場で、みな、気ぃ遣いおうてやっとんのんじゃ。それをば土足で上がって来やがって、なに考えとんじゃ、どあほっ。いっぺんウレタン樹脂加工したろか、アホンダラ。なんとかぬかさんかい、ミジンコ」

私の言葉はさらに続いた。

警備会社の男に対する私は、

「黙っとったら判らへんやろ、なんとかぬかさんかいっ、ちゅんじゃ、どあほ。人様の大事な大事な家に土足であがりさらすて、どんな神経さらしとんじゃ、おいっ、言うてみい、おい、なんとか言えや、こらあ」

と抗議を続けた。

作りかけの床に柔らかい日射しが差し込んでいた。職人だちがこちらを見ていた。なんの思い込みなのかまったく理解できないのだが、自分のことをキャリア官僚と同じぐらいの地位と権力を得ている、と思い込んでいるらしい警備会社の小男は、なぜ自分のようなエリート官僚が、こんな奴卑に批判されなければならないのか、みたいな感じで不服そうに横を向いて黙りこくっていた。

「痛い目にあわんとわからんみたいやね」

私はわざとらしくそう言って、警備会社のエリートの股間に強烈な蹴りを入れた。

「おほほほほほほほほほほほほ」

頓狂な声を上げてエリートが倒れ、股間を押さえて唸りだした。

「まったく、大袈裟な人ね」

気怠く言って、その背中に倒れ込むようにエルボーバットを炸裂させた。

全体重がかかった肘が脊髄にまともに命中したらしく、エリートは、

「ぎゃん」

と、啼《な》いて海老ぞった。角材を振り上げ、わざと角のところが当たるように留意して後頭部を殴ったり、バールで臑《すね》や膝を砕いたり、目に釘を打ったり、耳にボンドを流し込んだり、と、いろんなことをした。

にもかかわらず反抗的な態度を改めないので、最後には、職人さんにお願いして、電動鋸を借りた。職人さんは快く貸してくれた。

中でやると掃除がたいへんだし、できたてのウッドテラスを汚したくなかったので、くたくたになったエリートを敷地南の崖のところまで引き摺っていき、

「人が大事にしている家。人が真心を込めてリフォームしている家。それを土足で踏み荒らす者は施主と家と職人の名によって裁かれる」

と唱えて、延長コードに繋いだ電動鋸で首を切り落とした。

自分をエリートだと思って人を見下し、職人を見下し、人の家に土足で上がる者がこのようにして裁かれた。胴は崖下を行き来するケダモノに食べられ、首は鯉の餌になった。鯉は雑食性でどんなものでも食べるのである。

そして、その魂は無間《むけん》地獄に落ち、ちょっと口で言えないような苦しみを永遠に与えられた。

「と、それくらいのことをしかねん男やぞ、俺は」

と、目を剝いて怒鳴ると、警備会社のエリートは怯《おび》えたような、そして、まるで気のおかしい人を見るような表情を浮かべ、

「申し訳ありませんでした。じゃあ、工事が終わったらご連絡ください」

と言って帰っていった。

その謝り方はあまりにあっさりしたもので私は納得がいかなかったが、だからといって土下座を強要したって仕方ない。あなた方の敵を愛し迫害する者のために祈りなさい。そんなことを仰った方もいる。

それは無理だとしても忘れることはできる。というか覚えていようとしても忘れてしまう。忘れっぽいのがたったひとつの救いなのである。

という訳で私はその極悪非道な警備会社の男のことを忘れた。けれども、私がなした行為を見て、深い印象を抱いた者もあった。

誰か。

痩せて小柄な方の大工さんであった。私が、自分のことをエリートだと思い込んでいる警備会社の男を批判して以降、彼の私に対する態度が劇的に変化した。以前にも申したとおり、それまで彼は私を見ても目を背け挨拶もせずなにかにつけ冷笑的な態度をとっていた。ところがそのことがあって以降は笑顔で挨拶をし、木戸口をくぐっているところに行き合うと、「木戸口の立て付けが悪い。最初はいいのだが年月とともに次第に調子が悪いところが増えてくる。どこの家でもそうだ」と独り言のように言ったり、天窓が付き、巨大な掃き出し窓が付いて光の差し込むリビングの南にうずくまって、「明るくてあったかくていい家がや」など言うようになった。

なぜ、そうなったのか。彼にすれば彼が作ろうとしているもの、作ろうとして未だその途上にあるものを外敵から守ったように見えたからだろう。

しかし、四日後、また、元の状態に戻った。彼もまた忘却したのである。

そんなことがありつつも工事は進み、ある日はガス温水式床暖房システムを設置する職人がやってきた。

どういう装置かというと、床板の下にパイプを巡らせ、そのなかに湯を循環させて床を暖める、という装置である。

そのために専用の巨大なガス湯沸かし器を屋外に設置する。それにはガスの配管、沸かした湯を室内のパイプに送る配管、再び湯沸かし器に戻ってくる配管、と非常に複雑な配管が必要で、その他、パイプを配したパネルを設置するための下地も必要だし、そのうえに床板を釘で留めるのだから、釘がパイプを貫通しないような工夫もしなければならないはずで、いったいどういう風にするのか心配でならなかった。

来たのは薄緑色の作業服を着た六十代前半くらいの人で、目が合うとニコニコ笑って非常に優しい感じの人であったのだが、人が好い、ということと、工事の技倆はまた別の話で、それもまた心配の種であった。

そこで私は床暖房工事をやっているとき、特に用はないのだが、用のあるような振りをして一階に降り、その工事の様子を眺めたが、その人は、ときに真剣な顔をして工事マニュアルを読んでいることもあったが、概ねはニコニコ笑いながら丁寧に作業を進めていた。

しかし、あるとき、本当に困じ果てているように見えたことがあった。

そのとき、その優しい工事屋さんは、西の側庭に立ち悩んでいるように見えた。そのとき例の忘却の大工さんが工事屋さんに声をかけた。工事屋さんが、家の基礎の立ち上がりを指さし、ここの配管がどうのこうの、と言った。それに対して大工さんは、

「斫《はつ》り屋呼んで人通口《じんつうこう》開けりゃあいいじゃん」

と言って笑った。

つまり基礎の立ち上がりが邪魔なのであれば、専門の業者を手配して人が通れる大きさの穴を開けてしまえばよい、と言ったのである。しかし、そんなことをしたら基礎の強度が下がってしまう。つまりそれはかなり乱暴な意見である。しかしその口調は、そんなことは知ったことではない。こっちは付けろと言われたものを付けるだけの話で、それによって家が壊れたって自分たちには関係がない、とでも言っているような口調だった。

そう。彼はもはや完全に忘却の彼方にいた。

そして私は、というと心配でならなかった。床暖房の工事屋さんが本当に斫り屋を呼んで基礎コンクリートを破損してしまうかも知れない、と思ったからである。

そんなことになりませんように。

私は二階に上がって神に祈った。そして酒を飲み、そして猫と遊んだ。

結局、人通口は穿たれず、ガス温水式床暖房が取り付けられた。それは素晴らしき設備で、普通、そうした水は腐ったり、或いは凍ったり、或いは蒸発するなどして、中途で駄目にな

ってしまうのではないか、と思われるのだけれども、そういうことにならないような数々の仕掛けが施してあるらしい。

私は知ろうと思えばそれを知る立ち場にあった。けれども私はそれを呪術だと思うことにした。呪術である以上、その成り立ちを知ることはできないし、知った時点で効力がなくなる。だから私はそれを敢えて知ろうとしなかった。

私はそれほどに傷ついていた。


けれどもずっとくよくよしていた訳ではない。というか、その傷を温水式床暖房にのみ押し籠めてそれ以外のことについては概ね愉快にしていたし、大工さんに悪感情を抱くこともなかった。すっかり現場に姿を現さなくなり、資機材だけを届けてくるU羅君にもなんらの悪感情を抱かなかった。私はすべてのネガティヴな気持ちを元来、科学的なものを呪術と思い込むことによってそこに封じ込めることに成功した。反原発派に言わせればそれこそが呪術なのだろう。

確かに原子力発電は呪術である。けれども科学技術は呪術を封じ込めることはできない。呪術を封じ込めることができるのはやはり呪術である。呪術を否定すると呪術が否定できぬ。困ったことである。

なんてことはどうでもよい。私の頭は曲がってしまっている。

そんなことで設置されたガス温水式床暖房はどのような結果を齎《もたら》したのか。結論から言うと非常によかった。

日進月歩の世の中、暖房というものも進化して、火鉢しかなかった時代に比べると家屋の中は随分とあたたかくなったが、一部の地方には足下の寒さというものは厳然と存在、私方はその典型で冬場など、いくら暖房を効かせても、そこからうえはあたたかいのだが踝《くるぶし》から下は水に浸かっているように冷たかった。

ところが、この床暖房を付けると、テクマクマヤコンテクマクマヤコン、まるで足湯に浸かっているような暖かさがあって、踝から下の寒さが一気に解消される。

それはもちろん、床暖房そのものの効能なのだが、施工に際して板を床に一枚追加しているので、それによる断熱効果も侮れないのではないか、と私は睨んでいる。

なので足下の寒さに苦しみ、これではシベリアあたりに流刑になっているのと大して変わらない。死にたい。と毎日思って、ホームセンターに実際に縄とか買いに行ったことのある人には是非ともガス温水式床暖房の設置をお勧めしたいところではあるが、ううん、どうかなあ、と思う点がひとつだけある。

それは自分が快適で、まるでハライソにいるようだ、と思うくらいにガス温水式床暖房を作動させた場合、ガス料金がまるでインヘルノのようなことになるからである。

当初、それを知らなかった私は、それまでハライソに暮らしていたのに、ある日、突然、インヘルノに叩き落とされ、精神に異常をきたして、いまはなき¥ショップ武富士のコマーシャルソングをＤＪスタイルで歌いながら上体をスティヴィー・ワンダー氏のように左右に揺らしつつにぎり寿司を握っては食べ握っては食べ、ということを四時間くらいやめられなかった。

なので、ガス代金をあまり払いたくない人はやめておいた方がよい。ただし、国家が主導する割引料金体系もあり、これを利用すれば多少は廉《やす》くはなる。私もこれを利用している。

冬の寒い日。特に雪の降る日など、ガス温水式床暖房を動作させ、床にべったりと座ってスコッチウイスキーを水で薄め、モーパッサンという人が書いた小説を読んだり、やくざ映画を観たりするのはこのうえなく楽しいものだ。

そういうことをしたい人は多少のインヘルノは我慢してつけるとよいだろうし、家庭の主婦などもこれをつけるとたいへんに嬉しくなる。と関係者に聞いたことがある。

さあ、そういうわけでガス温水式床暖房などの設備も整い、私方のリフォームはいよいよ大詰めにさしかかってきた。

最後の方にはどんな人がやってきただろうか。それはクロス屋さん、すなわち壁にビニールクロスを貼る職人さんだちであった。

ビニールクロスとはなにか。

ビニールクロスとはビニールでできた壁紙のことであり、住宅の壁を仕上げる際、もっとも多く使われる材料である。

嘘だと思《おぼ》し召したら、ご自宅の壁をご確認してみるがよい。多くの家庭の壁がビニールクロス仕上げとなっているはずである。

或いは、普段、あまり注意してみることのない、ホテルの壁やファミリーレストランの壁をしげしげと見ると、いたるところにビニールクロスが使ってあるということを改めて思い知らされるだろう。

なぜそんなにビニールクロスが愛好されるのかというと、おほほ、安価で施工が簡単だからである。だからリフォームの際など、依頼者側から特別な要望を出さない限り、業者は壁の仕上げについてはとりあえずビニールクロス仕上げを提案してくる。いわば、デファクトスタンダードみたいなことになっているのである。

しかしそうして多く用いられているビニールクロスであるが、普請に凝る人の間では非常に評判が悪く、ビニールクロスなど貼るやつは人間の屑だ、とまで言われている。

なぜそんなに評判が悪いのかというと、例えば、それが贋物である、という点で、かれらに言わせればそもそも壁というものは、漆喰や珪藻土《けいそうど》を左官工事で仕上げる塗り壁であるべきであって、ビニールクロスという贋物を使って得々としているのは恥ずかしくて正視に堪えないのである。

世の中には味わい深い、そこに居るだけで精神が落ち着き、生きる喜びや活力が湧き、感受性も豊かになって芸術とかを鑑賞したくなってくるような本物があるというのに、その存在を知らず、味気ない質感の、そこに居るだけで妙に苛苛して落ち着かず、精神が不安定になり、意味なく喚き散らし、浴びるほど酒を飲んだり、覚醒剤や危険ドラッグを使用したりしなければ生きていられない気分になるような贋物を本物だと信じ込んでいる。なんて未開な連中なんだ、という訳である。

また、ビニールクロスは健康を害する、という論説もある。

どういうことかというと、ビニールクロスを接着する際に使う接着剤には防黴剤《ぼうかびざい》が混入せられており、これらが室内の空気に放出されるため、知らず知らずのうちに健康を害するというのである。

また、ビニールクロスというものはビニールであるため、水分を吸収せず、表面が結露し、その結果、表面に黴が発生し、知らず知らずのうちに、その黴の胞子を吸い込んで病気になっていく、という。

つまりそういう人に言わせれば、ビニールクロスを貼った部屋で暮らすというのは、毒ガス室で暮らしているのと同じことであり、そんな自殺行為は到底できないのである。

ではそういう人はどうやって壁を仕上げるかというと、右に言ったように聚楽壁、漆喰壁、といった左官工事で仕上げる塗り壁、業界ではこれを、湿式《しっしき》工法、というそうだが、を好み、昨今は、珪藻土、という材料を使った塗り壁がとりわけ好まれるようである。

そしてその考え、すなわちビニールクロスは代用品であり、身体に悪い、という考えはテレビ番組や雑誌、インターネットなどを通じて徐々にではあるが浸透しつつあるようで、リフォームをする際は、珪藻土などを使うケースが増えているようである。

私が子供の頃、コーヒーと言えばインスタントコーヒーのことをさした。多くの人がインスタントコーヒーをコーヒーだと思って飲んでいた。また、スパゲティーと言えば、袋に入った予め茹でてある麺をウインナーソーセージ、玉葱、ピーマンなどと一緒に油で炒め、トマトケチャップで味と色をつけたものだった。

しかし、いまはそうではない。みなが次第に本物を知るようになった。

では、あと二十年くらいすればビニールクロスは馬鹿で未開な土民しか使わぬ贋物としてこの世から駆逐され、塗り壁が主流になるのか、というと私はそうはならないと思う。

なぜかというと、安価で施工が楽、というのは業者にとっても消費者にとってもやはり魅力的だし、それよりなにより、ビニールクロス業者とてなにもしないまま黙って滅ぼされるわけではなく、それなりの抵抗をするからである。

というのはどういうことかというと、いわゆる商品開発で、デザイン性の高い商品を開発したり、身体に悪いと言われる物質の放散を極度に抑えた商品を開発したり、或いは、ビニールではなく、和紙、月桃紙《げっとうし》といった自然素材を使った商品を売り出したり、或いは、珪藻土屋が珪藻土が調湿性があって身体によい、というのを逆手にとり、表面に珪藻土を塗りたくった珪藻土クロスなんてなものを開発するなどして、いまだに塗り壁を圧倒し続けている。

そうすっと、こんだ、でも珪藻土屋が黙っていない。

ビニールクロスを剝がさず、そのうえに直接に塗ることのできる、すなわち、ビニールクロスを下地として使うことのできる珪藻土を売り出し、業者のみならず、自ら施工をして自宅環境を改善しようとする層にもアッピールする。

このようにあらゆる壁面をめぐってビニールクロスと塗り壁が激烈な争闘を繰り広げており、かつまた、その一方で、ペンキ仕上げが虎視《こし》眈々《たんたん》と漁夫の利を狙っているという見方もあり、予断を許さない状況となっている。

さてそんな状況のなか、右にも申したとおり、私はビニールクロスを選択した。なぜそうしたのか。私は塗り壁派が言うところの、美的感覚の欠如した猿同然の未開な土民なのだろうか。

違う。私は塗り壁の美点を熟知していた。にもかかわらずビニールクロスを選択したのは、そう、経済的の理由であった。

最初、私は硅藻土を用いた塗り壁にできないかと考えた。けれども予算額が決まっている以上、それをしたら他のなにか、例えば、ガス温水式床暖房とか、トップライトとか、ウッドテラスといったものを削らなければならない。

けれども、よく考えて欲しい、私はどんな不具合を解消しようとしてリフォームを始めたのか。人と寝食を共にしたい居場所がない二頭の大型犬の痛苦。人を怖がる猫六頭の住む茶室・物置小屋、連絡通路の傷みによる逃亡と倒壊の懸念。細長いダイニングキッチンで食事をする苦しみと悲しみ。ダイニングキッチンの寒さ及び暗さによる絶望と虚無。を解消したかったのではなかったのか。

それを忘れ、ここで、壁の仕上げがビニールクロスであることによる精神の崩壊と健康被害、という不具合を新たに設定し、当初の目的を忘れるのは、あの危険きわまりない、永久リフォーム論に繋がる。

よってここは塗り壁にしたいという希望を一旦捨て、ビニールクロス仕上げとすべきである、と考えたのである。私は。私の場合は。

というと、でもならばせめて、右に言及した、和紙や珪藻土を使った自然素材のクロスも或いはペンキ仕上げにできなかったのか、という意見も出るかも知れないが、実はそれも経済的理由によって実現しなかった。

逆に言うと、さほどにビニールクロス仕上げは安い、ということである。

つまり私は安さに負けた、言い換えれば貧しさに負けた、ということで、一部の富裕層は美しい左官仕上げの壁面の部屋で薄目を開けて極上のスコッチウイスキーを舐め、シガーをくゆらせて交響曲かなんかを聴いているのだが、私のような大多数は、ビニールクロスに囲まれた家で知らないうちに健康を害し、半狂乱でようやっと生きているのであり、これこそが格差社会というものであって、すべての人がせめてペンキ仕上げの家に住めるようにしようじゃありませんか、違いますか？　みなさん。と、問いかける候補者がもし居たら……。

誰も投票しないだろう。

まあ、それはよいとして、そういう訳で私はビニールクロスを選択した。色は白。ちなみに床材は赤。流し台も赤。木部の塗装は濃い茶色である。

これまで言及しなかったが、こうした色の選択は部屋の全体の印象に大きく影響し、人の精神にも影響を与えるので、ビニールクロスによって精神が崩壊するようなsensitiveな人はよくよく吟味されるがよろしかろう。

　私の知り合いでなにを思ったのか突然、部屋の壁を真っ黄色に塗って、それ以来、言動・挙動がおかしくなって、あちらの世界に旅立った者が何人かある。まあ、塗ろうと思った段階で少々ござっていたのかも知れぬが。

　さあ、そのビニールクロスを貼りに来た人たち、いわゆるクロス職人はどんな人たちだっただろうか。

　実は私はその人たちの姿を見ていない。

　その人たちがやってきて作業を始めた日の朝、私は二階に居た。何人かの男が大声で話しながら、家に入ってきた。

　その声たるや、ちょっと度外れた大声で、私は、こんな大声を出されたのでは仕事に集中できないな、困ったな。と一瞬、思った。けれどもすぐに、いやいや仕事が始まれば大丈夫だ、と思い直したのは、材料を切断したり、打ち込んだり、削ったり、斫《き》ったり、穿ったりすることの多い他の工事に比して、基本的に接着剤をつけた紙を打ち広げ、皺《しわ》のよらぬように、かつまた空気の入らぬように留意しつつ壁に貼っていく、というクロス工事はいたって静かなもの、ということを知っていたからである。

　ところが実際は違った。

　クロスを貼っている間中、彼らは大声を出し続けた。いや、ただ単に大声を出していたのではなく、大騒ぎをし続け、その様子はまるで、狂馬に乗った狂人の集団が岸和田のだんじり祭に突入していったような感じであり、或いは、営業中のパチンコ屋で団塊の世代とゆとり教育世代がカラオケ大会を開催しているようであり、わあわあ騒ぐだけが取り柄の芸無し芸人が一万人集まって国会前でデモを敢行をしたのち、全員で打ち上げに行って泥酔しているようであった。

それくらいに彼らはひっきりなしに喚き、騒ぎ、ゲラゲラ笑い、奇声を発し続けた。なにか冗談を言っているようでもあったが、私にはその意味するところ意図するところがまるで理解できなかった。

彼らは、「ぎゃはははは。水は、水は沸騰して、お湯になるんだよ。ぎゃははははははは」といったようなことを言って全員でゲラゲラ笑っていた。

そして彼らはときどき大声で歌った。エグザイルやゆずのナンバーであるらしかったが多くは私の知らない楽曲であった。見えなかったが踊っているのかも知れなかった。

世の中のすべての無知と未開と粗野と下品をひとつところに集めたような馬鹿騒ぎであった。

私は彼らは悪霊に取り憑《つ》かれているか、そうでなければ悪い薬を摂取しているに違いない、と思い、下手に茶菓など持っていって、言葉が通じず、自分たちを殺しに来た悪魔だと思われて殺されては適わない、と考え、その日は二階に籠もって神仏に悪霊退散を祈り続けた。

私が彼らの姿を見ていないのはそういう理由による。

そうして彼らが引き上げていった夜、私は悪霊に取り憑かれた者どもが饗宴を繰り広げた一階は惨状を呈しているに違いなく、下手をすれば、ただとり散らかっているだけではなく、これまで積み重ねてきた現場が無惨に破壊され、一からやり直さねばならぬのではないか、と恐れつつ、階下に降りてみた。したところ。

現場は綺麗に整頓され、掃除されていた。そして、完璧なクロス工事が施工されていた。壁と天井が白一色になり、これまで現場っぽかった部屋が一気に部屋らしくなった。

途轍《とてつ》もないクロス職人たちの完璧なクロス工事によって私方は一気に部屋らしくなったが、その後、床が張られ、ますます部屋らしくなり、ほとんど完成したも同然であった。東西に拡張され広々とした部屋に南面する巨大な掃き出し窓、そして二箇所に穿たれたトップライトから日が差し込み、明るいことこのうえなかった。

不具合が完全に解消されていたのである。いつのまに来たのか、流し台も北西の壁にキチンと取り付けてあった。そう、あの凶暴な設備屋の若者がいつの間にか来て取り付けていったのである。流し台の前にはキッチンパネルと呼ばれる壁も張ってあった。

見栄えという観点から言うと、タイルや板で仕上げた方がよいのかも知らんが、キッチンというものは兎角《とかく》汚れるもので、昔は座敷と隔離された土間様のところで調味をしていたくらいで、油はね水はねが著しい。そういうことを考えれば多少、見栄えは悪くともキッチンパネルでよいのではないか、と考えたのである。

また、キッチンの壁を凝視する、などということはあまりなく、日頃はその存在を忘れているので、さほど拘泥する必要もない。

私は、日中、誰もいない、そしてなんらの家具も置いてない部屋を歩き回って飽きることがなかった。そして私は何度も言った。「いいなー」と。

私は、この広くなった南西端の、元・茶室の窓であった窓の脇に、couch、と呼ばれる昼寝椅子のようなものを起き、本を読んだり、寝そべったまま珈琲かなにかを飲んだら、どんなにかよいだろう、と夢想した。

いや、しかしそれは夢想ではなかった。もう少しで実現する実際の計画であった。私はその日が待ち遠しくてならなかった。

しかし若干の工事がまだ残っていた。

それは一部の塗装とそれから設備工事、具体的に言うと、洗面台の設置工事であった。このことについては言及しておらなかったので申し上げると、以前に設置した、というのは前回、二〇〇六年のリフォーム工事の際に選んで取り付けた洗面台であるが、そんじょそこらにある洗面台ではなかった。

なにしろ幅が一メートル五十センチあった。そして奥行きが六十センチあった。そのど真ん中に小さな楕円形のボウルが嵌め込んであり、その他の付属品は一切なく、天板の上は航空母艦のように広大であった。

色はドブネズミ色で材質は合成樹脂のようであった。なぜこんなバカげた洗面台を私は取り付けたのだろうか。まったくわからない。わからないが不具合はなかった。というか逆に洗面台の上が広大なので、洗面に必要な道具を様々に展開してなお広く快適であった。

ただ、一点だけ不具合があったとすれば取付位置が稍低いという点で、私は腰が悪いので、もう少し高い位置に付ければなおよかった。

そのばかでかい洗面台が、リビングの南に陽の光を浴びて、ごろん、と転がっていた。

洗面ボウルから排水のための銀色の管が真っ直ぐに伸びて、まるで死骸のようだった。

それはおかしな光景だった。だってそうだろう、部屋はほぼ完成しており、キッチンの流し台も含めてほかの設備はすべて取り付けてある。だのに。なぜ。歯をくいしばり。この流し台だけが、ごろん、と転がっているのか。もしかしたらこのまま取り付けて貰えないのか。だったとしたらこんな不具合はない。だったらいっそのこと捨ててしまおうか。でも、そうすると洗顔ができない。それにこんな重くてかさばる物をどうやって捨てたらよいのか、妾《あたし》には見当もつかない。

そんなことを思いながら、ごろん、と転がる洗面台を見るうちに、軽い鬱の気を発し、いっそ死のうかな、とか思い始めた頃、突然に件の二人組がやってきた。

そう、あの尋常ではない殺気を全身から発する設備屋の若者である。

しばらく見ないうちに、どこでどんな経験を積んだのであろうか、ふたりはさらに凄みを増して、以前であれば、返して貰えない挨拶くらいはなんとかできたのだが、それすらできないというか、近くに寄ることもできないくらいに殺伐とした暴力の気配を全身から発散させていた。

もし彼らが朝の通勤時に中央線に乗ったらどうなるのだろうか。死体の山が築かれるのだろうか。或いは静かに身の内に衝動をため込み熟成させ、伝承熟成三段仕込み、みたいなことにするのだろうか。

いずれにしても恐ろしいことだが、私はさらに恐ろしいことを考えていた。私は彼らに話しかけようと思っていたのだ。それは考えるだけで恐怖によって全身が痺れるくらいに恐ろしいことだった。

なので私はそのときの状況や彼らと私の位置関係などをはっきり覚えていない。なにしろ頭は恐怖に痺れ、目は霞んでよく見えなかったし、口は常に半開きで、涎を垂れ流しながらアウアウと譫言を発し、足がガクガク震えて、一歩歩くごとに膝から崩れ落ちていた。もしかしたら小便もちびっていたかもしれない。とにかく断片的に覚えているのはこんな会話だ。


「あのお、その洗面台なのですが」

「ああ？」

「実はですねぇ、取付位置のことでちょっとお願いがあるのですが」

「ああ？」

「実は私、腰が悪くてですねぇ、だもんで、ちょっと高いめに付けて頂けるとありがたいのですが」

「ああ？」

「あ、あの無理だったら普通でいいんですけど」

「ああ？」

そんなやりとりが確かあって、そして覚えているのは腋臭《わきが》のような匂いが漂っていたのと窓の外で茶畑が大きく旋回していたこと。

そして茶畑が旋回するなんて変だな。鳶《とんび》じゃあるまいし。それは僕がいま現在、殺されて死んでいっていることの証左なのかな、と思ったのを最後に記憶が途切れている。そして。

汚らしい豚肉が水菜と組になって海辺で快適なロハス生活を送るのを苦々しく眺めていると空から大量の仏壇が降ってきて、じっとしていたら仏壇の角が頭に当たって死んでしまう、どこかへ逃げなくては、と思った瞬間、ひときわ大きな仏壇が落ちてきて、ぎゃあああああ、と絶叫した我と我が声に目が覚めた。

私は二階の寝室の寝臺に横たわっていた。

私の声に驚いて白雉《しろきじ》猫が隣の和室に逃げていった。開け放した寝室側から見ると板戸、和室の側から見ると襖である引き戸の向こうに黄金色の朝日が射していた。

私は生きていた。けれども、半殺しくらいにはなったのだろう。それが証拠に身体のあちこちが……、ちっとも痛くなかった。慌てて調べてみるとどこにも傷がなく、また、痣もなかった。

私は生きていた。傷もなく生きていた。つまりあの人たちは私を殺さなかった。なにがどうなったのか。行く先々で少しでも気に入らないことがあれば半眼で、ああ？　と言い、次の瞬間には、まったく表情を変えずに眼球をほじくり出す、あの人たちが、洗面台の高さを高くしてくれ、なんてあり得ない面倒を言う私をなぜ放置したのか。

謎である。それこそが文学者が追求すべき謎であろう、しかし同時にそれはリフォームにとってはどうでもよい謎である。というか、リフォームにとってもっとも大事なのは不具合が解消されているかどうかであり、この場合で言うと、洗面台が希望通りに設置されているかどうかである。

そしてそれは謎ではない。なぜならその場所に行けばわかる話だからである。私はミステリー作家ではない。ことさら謎を作り出す必要はどこにもない。ならば私はどうすればよいのか。自然主義的な創作態度を貫けばよいのか？

違う。現場に行けばよいのだ。

私はそろそろ起き上がった。窓際で猫が、猫たちが陽の光を浴みて微睡《まどろ》んでいた。

洗面脱衣室という文字を見る度、私はそこに奪衣婆《だつえば》という言葉を連想して、業界はいつまでこんな言葉を使っているのだろう、という気持ちになるが、さりとて横文字表記に改めればよいという問題でもないだろう、という気持ちにもなって、ほな、どないせえ言うねん、と思ってしまう。

と呟く私の背後に奪衣婆は勿論、おらない。にもかかわらず私が困惑したのは洗面台が極度に高い位置に取り付けられていたからで、はっきり言って洗面台は私の胸の位置にあった。どう考えても高すぎる。見た目にも不細工だし、実際の使用にも差し障りがある。

けれども、高い位置にしてくれ、と言ったのは他ならぬ私。けれども普通に考えてこんな高い位置に付けるということはあり得ない。なのでやり直して貰うべきなのだが、そうするとどうなるか。私は確実に死ぬ。殺される。

それを考えれば、命あっての物種、というとおり、これくらいのことは堪え忍ぶべき、と私はうそ寒いような気持ちでラララで歌っていた。

阿部薫というサキソフォーン奏者は、速度が重要なのだ、と言った。そして私は言う。高さが重要なのだ、と。

然《しか》り。器楽演奏にとって速度が重要なのと同じくらいに、リフォーム工事にとって高さは重要な問題である。流し台の高さ、洗面台の高さ。これらは随意に設定できる。けれども、「これを随意に設定できまする」と言って助六のような所作をする工事担当者はおらず、なので自らこれを申し出る必要がある。

相手はプロなのだから、そしてこちらはお施主様なのだから、なにも言わずとも万事よきに計らってくれるだろう、と思いがちだが、なかなかそうはいかず、そうすっと職人は、もっとも施工がやりやすい高さ、を設定してしまう。

そうすっと比較的、背が高いのに低い位置に流し台を設置されてしまい、跪《ひざまず》いて洗い物をするハメになったり、或いは比較的、背が低いのに高い位置に流し台を設置されてしまい、室内であるのにもかかわらず、天狗のような高下駄や高価なロッキンホースを履かねばならない、というバカげたことになってしまう。

なのであらゆるものの高さについては慎重にこれを決定し、確実に伝達しなければならない。

ということを言っている私自身が高さの指示をうまくできず、胸の位置に洗面台を取り付けられてしまい、見た目が珍妙きわまりないうえ、使い勝手も極度に悪い、という憂き目を見た。他山の石とせられたい。私はウッドテラスを照らすライトの高さについても過誤を犯した。

高さについて成功した例もしかしある。それは新設した天窓で、窓を新設する場合、窓の高さも随意に決められる。例えば横長の窓をうんと低い位置に取り付けることもできるし、うんと高い位置に取り付けることもできる。天窓は、いわばもっとも高い位置に取り付けた窓、ということができるだろう。

さあ、という訳で、私方の工事は概ね、すべて完了した。ということは。そう、不具合がすべて解消されたということである。そこでそれらひとつびとつについて本当に解消されたのかどうか見ていくことにしよう。

ひとつ。人と寝食を共にしたい居場所がない二頭の大型犬の痛苦。これは、いままで玄関を入って廊下の左側、すなわち北東側の私の仕事部屋を犬の居所としていたのを、廊下をそのまま進んだ右側、すなわち、南西のリビングルームを居場所とすることによって解消された。そしてそれに呼応・連環して、ひとつ。人を怖がる猫六頭の住む茶室・物置小屋、連絡通路の傷みによる逃亡と倒壊の懸念。も解消された。猫だちは廊下の突き当たりの右、すなわち家屋最南西に位置する四畳半の茶室列《なら》びに躙り口より突き出た連絡通路にてこれに連結せられたる二畳のログハウスに起居していたのだが、これをかつての犬のいた北東の仕事部屋に遷移していただき、ログハウスを滅却したのである。

それにあたってかつての仕事部屋は閉めきりとなるため既存の戸に、がらり、を設け空気が循環するようにした。また、猫はところかまわず爪研ぎをする。そうしないと爪が伸びすぎてしまうからするのだろうけれども、見ているとストレス解消的な感じでやっているときもあり、猫のいる部屋の壁はすぐにボロボロになってしまう。

そこで、壁には腰壁を設けた。というと重厚な感じがするが、爪研ぎをされるのは間違いがないので高価な材木は使用せず、安価な合板を用い、しかも無塗装とした。

これによって猫の居室に関する不具合は解消した。それによって私の仕事部屋は失われたが、それはマア仕方がない、ということにした。

さあ、しかしまだ大きな不具合が残っている、それは、ひとつ。細長いダイニングキッチンで食事をする苦しみと悲しみ、で、これについては、茶室との境を破却し、ひとつながりの大きな部屋としたうえで、南側の廊下を部屋の一部に取り込むことによって東に幅を広げて、細長味を減じ、かつまた、茶室との境を破却することで生じた新たな不具合、すなわち、流し台が部屋のど真ん中にあることによる鬱陶しみ、という不具合は、流し台を北側に移設することによって解消した。鬱陶しみがどこにもなくなり、それどころかまるで自分が饅頭屋になったような爽快な気持ちになった。そこには（お小便のおっさんの）格子戸という工夫もあった。

もちろん北側部分は以前と同じ幅なのだが、南に行くにつれて部屋が広がっていく、そしてもっとも南に取り付けた全開口する掃き出し窓の向こうには二十畳大のウッドテラスが広がって、俗に言うところの、末広がり構造、となっているため、食事をしていても、なにかこう広がりというか、ドレッシングの味やなんかも普通以上に素晴らしく感じられるようなそんな構造になった。食パンやなんかを食べてもけっこういけるし、マーマレードを使ったリブロースステーキなども問題なく食べられるような感じである。

さあ、そしてそのうえで、ひとつ。ダイニングキッチンの寒さ及び暗さによる絶望と虚無、という問題であるが、まず寒さについてはガス温水式の床暖房を取り付けることによって完全に解決した。冬の寒い日、ガス床暖房を作動させると、足の裏からじわじわと暖かさが伝わってきて、冬であるのにまるで春の日に皿回しを楽しみながらキシメンを食べているような長閑《のどか》な心持ちになった。また、さらにこれは右に申し上げた末広がり構造にも関係し、また、暗さの解消にも大いに関係するのだけれども、南面の巨大な窓からは日の出から日が山陰に入るまで陽の光が室内に入るようになったので、その間はガス床暖房を作動せずともポカポカと暖かく、久しぶりに骨壺でも眺めようかな、というような心のゆとりが生まれた。

それから暗さの問題だが、いまも言うように南に巨大な掃き出し窓があり、ここから日光がふんだんに入ってくるうえ、天窓・トップライトも取り付けた。これは一部では同面積の窓の数倍の光を室内に導くと言われ、窓業界最強とも言われるほどの凄い窓で、しかもこれを二箇所に取り付けたので、明るさというものは半端ではない。

それが証拠に私はまったく鬱病にならないし、それどころか逆に陽気というか、天窓をつけて以来頭の中で常時ラテンミュージックが鳴り響いているような有様である。そしてそれに合わせて踊る踊る、人からみれば、「あの、頭、大丈夫？」と問いたくなるだろうな、みたい。

悩み事や心配事があったり、悲しみで気が塞ぎがちな人などは私の家に来るとよい。一瞬で精神が解放されてアッパラパーになるだろう。一度、丸禿の人が来てえらい怒って帰ったことがあるが。

ということで寒さと暗さの問題も解決し、私方に生じていた諸問題はすべて解決した。すなわち、リフォームが終了したのである。

と言いたいところであるが実はまだもう一工程残っていた。それは。そう、クリーニングである。

工事をするとなにかと埃が出る。ゴミも出る。せっかくの新しい床にうっすらと埃がたまっている、なんてなのは興ざめである。そこで専門の業者が来て掃除を行う。

その当日、やってきた連中はまったくイカした掃除軍団だった。いったい何人いたのだろう、二十人はいたのではないだろうか。陽気な彼らはまるでひとつの家族のようだった。丸丸と肥った土俗神のような髭の小父さん、これがリーダー格だった。そしてもうひとり長老格の、頭の長いお爺さんがおり、その他はすべて四十代から六十代の女性であった。そしてみんな身長がきわめて低かった。彼らはやってきたかと思うと、家中に散らばり掃除を始めた。そのやり方は徹底していて、窓を掃除するときは窓枠から窓を外して掃除した。掃除ということの尊さがそのひとつひとつの動作のそこに光っていた。目につくもの、手に触れるものすべてを彼らは掃き清め、磨き上げた。ある人は置いてあったエレキギターまでもピカピカにした。

彼らは専門の道具なんてもってやしなかった。どこにでもある雑巾、バケツ、箒《ほうき》。せいぜいワイパーのようなものをもっていたくらいだった。洗剤の類も最低限しか使っていなかった。彼らは水をもっともよく用いていたのだ。

彼らは掃除をしながらおしゃべりをしていたが、その内容を私はまったく理解できなかった。日本語であることには間違いがないのだがなにをいっているのか、鳥の囀《さえず》りのような、花がポンとひらくような音声の献酬だった。指揮命令系統はないようだった。誰が指示するでもなくひとりでに仕事が始まり、ひとりでに持ち場が決まり、もう掃除をするところがないところまで掃除をして、してしてしまくった。そして。

掃除が終わったら彼らは廊下の東側、和室に移動してあった大きな家具類を運び始めた。彼らは、冷蔵庫を運びながら、「これはどこに置くじゃ?」と私に問う。私は掃除が専門なのに余のことをしてくれている彼らの善意と熱意に感謝しつつ、北東の隅に置くように言った。

彼らはソファーを運ぶため和室の入り口の木戸を外そうとした。するとどこからともなく建具屋さんが現れた。そう、あの気のいい建具屋さんである。建具屋さんは大きなよく通る声で、「それ、俺の仕事じゃん」と言って、建具を取り外し、それから大きな声を出して家具を運ぶのを手伝い始めた。みんなゲラゲラ笑っていた。実際には和室からリビングルームに家具を運んでいるのだけれども、みんなで輪になってグルグルまわっているような感じだった。なんて愉快な奴ら。いつしか私もゲラゲラ笑っていた。不具合がなんだっていうんだ。どうだっていいよ。そんなこと。私はそんなことを思い、みんなと輪になってグルグル回っていた。

さあ、そんなことで私は私方のリフォームについて長いこと語ってきた。というか、語りすぎた。いままで生きてきてこんなに語ったことは少ないのではないだろうか。

巧言令色鮮《すくな》し仁。

少年の頃よりその言葉だけを胸にして生きてきた。勿論、令色なんてことはしなかった。けれども私がここで語ってきたことは巧言ではなかっただろうか。

いや、そんなことはない。

とそう思いたい私がここにいる。リフォームなったリビングダイニングに立っている。リビングダイニングに立ち、ウッドテラスにやってくる小鳥を眺めて、中原中也の詩を朗読するなどといった奇矯の振る舞いに及ぶことさえある。

そんな私はなぜかくも語ってしまったのか。

それは私のなかに素敵な生活に対する激しい憧れがあったからだろう。私の人生は恥と苦労にまみれていた。だからもしコントをするなら前山ハジト、漫談をするなら恩田九郎、という芸名にしようと六年前から心に決めていた。けれどもコントも漫談もやらず、強引に本名で押し通したのは、こんな私でも素敵な生活をすることができるのではないか、という希望を完全に捨てることができなかったからだ。

そのため私は、住、の改善に乗り出した。

住を素敵にすることが、結句、生活全般の素敵に通ず。と悟ったからだ。

しかしそれは人に安らぎを与えるべき家が様々の不具合によって、逆に痛苦とストレスを与えている、という痛ましい現実に直面することでもあった。

といってこれから目を逸らしていてはなにも始まらない。

どうか、思い出して欲しい。あの岡崎真一氏のことを。妻の両親を実家から追い出して恬然としている岡崎氏は社会にも家庭にも満足できず、周囲の人間に迷惑を掛けつつ自分のことを被害者だと思っていた。

そんな岡崎さんが雨戸のリフォームをしたことによって、みるみるよい人間になっていった。周囲の人に対して思い遣りを以《もっ》て接し、バスで老人に席を譲ったり、傷ついた鳩を助けて動物病院に連れて行き、治療費を踏み倒す、なんてことができるようになった。

そう。住まいによって人は変わる。よき方にも悪しき方にも。

そう、よき住まいは人を善くし、悪しき住まいは人を悪くする。

素敵な住まいは人を素敵にする。健康な住まいは人を健康にする。パンな住まいは人をパンにする。寿司な住まいは人を寿司にする。

もちろんそれは広いお屋敷がよい、とか、豪華な設備があればよい、という問題ではない。目も眩《くら》むような豪邸であっても、その人の趣味に合致しなければ苦しみや悲しみがあるだけだし、狭小で簡素な家でも、そこに棲む人が楽しく暮らせれば、それはよき住まいなのである。

と言う尻から、いやー、随分と住み荒らしてしまったからうちはもう駄目ですよ。どうにもなりません。という弱音が聞こえてくる。

その諦念との無限の争闘こそが、そう、リフォームなのである。

その思いが生来、無口な私をしてかくも長く語らしめた。ごめんな。と謝る謙虚な姿勢。こんなものはかつての私にはなかった姿勢だ。

そう思った、その瞬間、私は無性に岡崎真一氏に会ってみたくなった。会ってリフォームの素晴らしさについて語り合いたくなった。

そこで私は私だけが持っていて誰にも侵せない特権を用いて岡崎氏の住所を突き止め、岡崎氏宅を訪問した。

小ぶりな住宅街。秋というのに朝から春雨が降っていた。それは途中から村雨となった。町中だというのに、どうしたことだろう。訝りながら私は歩いた。明るいレモンイエローに塗装されたコンクリート塀がひときわ目立つ、小ぶりな日本家屋があった。

近寄ってみるとコンクリート塀に嵌め込まれた星形の表札に、OKAZAKIの文字。その下の郵便受けがガムテープで塞いであった。

私は門を開けて敷地内に入り、玄関ドアー脇の呼び鈴を押した。

ぴーん、ぽーん、という些か間延びした音に続いて現れたのは、五十がらみの色黒の男性で、来意を告げると、「お待ちしておりました。岡崎です」と言ってへらっと笑った。

「まず、こちらを見てくださいよ」

と、真っ先に案内されたのは例の雨戸だった。

北側の小さい庭に面した窓にその雨戸はあった。「あれから結構経つのですがね、いまだに、調子がいいんです。どうです。ひとつやってみませんか」と、岡崎氏は私に言った。

言われる儘に雨戸を下ろし、それからまた上げる。

軽い。きわめて軽い。はっきり言ってなんの力も要らぬのだ。自由自在、というのだろうか。片手を軽くそえるだけで雨戸が意のままに動いてくれる、っていう感じ。

「いやあ、すごいですねぇ。なんのストレスもない」

そう言って褒めると、

「いやー、いまだに電動にできていないんですよ。お恥ずかしい」

と、そう言って岡崎氏は照れた。

庭に面したその雨戸のある六畳の日本座敷で岡崎氏と話した。

「いっやー、でもしかし、いい感じのお宅ですねぇ。あの、塀はご自身で塗られたのですか」

「ああ。そうだよ。僕は以前は家のことなどなにも興味がなくて、家なんてものはただ寝るところと思ってて。あの頃の僕は正直言ってひどかったよ」

「あ、そんなにひどかったんですか」

「ああ。ムチャクチャだったよ。社会に怒りを抱え、自分は正当に評価されていないと怒り狂い、酒を飲み、難解な前衛ジャズを聴き、人に議論を吹きかけてたね。自分で丹念に育てたハーブを引きちぎって通りにばらまいたことさえあったよ。要するに荒れてた」

「その原因が、家、だと……」

「ああ。そうなんだよ。俺の思うに家ってのは……」

「あっ、雉」

「どうしたっ」

「いまそこに雉が」

「あっ、見たかい。そうなんだよ。雨戸がスルスルいくようになってからこっち、僕の家の庭に雉が来るようになったんだよ」

「こんな町中って訳ではないが、開発された住宅街に雉なんているんですね」

「もちろん、前はいなかったよ。でも最近は来るようになったのさ。雨戸の音がうるさくなくなったからね」

「っていうか、でも雉ですよね」

「それがリフォームの恐ろしいところでさあ」

「それくらい神秘的な力がリフォームにはあるってことですか」

「おっ、うれしいねぇ。しんぴ的、と発音しないで、じんぴ、っていうところなんぞが、さすがにわかってらっしゃる。雉は日本の国鳥だからね」

「いやいやいや。ところでちょっと聞きにくいことをふたつ、いやみっつ、お聞きしたいのですが、よろしいかな」

「いいってことよ。なんでも聞いてみな」

「まず、あのコンクリートブロック、業界ではCBというんですがね、あの塀を塗ったのはあなたご自身ですか。それとも専門業者に依頼した？」

「僕が自分で塗ったのよ。だって、ぼかあ」

「塗装工」

「そうだよ。だから自分で塗るのさ。プライドにかけてね」

それであの出来ですか、という言葉をすんでのところで私は呑み込んだ。

「それと、もうひとつ。さっき途中になっちゃったんですけれども、あなたが荒れていたその理由というのはやっぱり家が原因ですか？　つまり……」

「おっと。みなまで言うな。そうだよ。家は人を入れる器でね、器がおかしけりゃあ、なかに入る人間様もおかしくなるって寸法よ。僕は自分自身をおかしな器に入れていたのさ」

「それを修正して、その不具合を直してあなたはどう変わりましたか」

「青空が好きになったね。あと、モーツァルトを愛するようになった」

「それまでは」

「難解なジャズ以外だとカントリー&ウェスタン。あと、青春パンクな」

「前のあなたは狂っていたのでしょうな」

「間違いないね。リフォームと出会わず、あのままとめどなく狂っていったら僕はどうなっていったんだろうな。多分、あのまま塗装の仕事を続けてたのだろうな」

「え？　仕事、辞めちゃったんですか」

「ああ、辞めたよ」

「で、いまはなにを？」

「ロッカーだよ」

ああ、ロッカーですか。という代わりに私は岡崎氏の顔をマジマジと眺めてしまった。

「なにか？」

「いえ、別に。じゃあ、最後の質問です。岡崎さん、あなたにとってリフォームとはなんですか」

そう問うと岡崎氏は暫くの間、庭の方を見て考え、そして言った。

「人生そのものです」

パン、パンパンパンパン。

乾いた音がして岡崎氏が後ろに倒れた。

パン。

一発だけ残った銃弾で果たして撃てるか。そんなことを思いつつも取りあえず撃った。

今夜は雉鍋だ。ある種、ジビエ的な。

畳に血がみるみる染みていった。私は反射的に見積書を頭の中で書いていた。

六畳。畳の表替え。十万はいかないかな。とまれ、ジャンプだ。素敵な生活のために。

そんなことを思いながら私は本当にジャンプして廊下に出て岡崎邸を後にした。

夕日を浴びて家々が立ち並んでいる。そしてその数だけ不具合がある。そしてそれはいずれ修正される。素晴らしいことだよね。

そんなことを思いつつ歩く私にすがすがしい風が吹き付けていた。砂が目に入る。かまうものか。サングラスをかければよいのだ。いまサングラスはないがな。

そんな愉快な気持ちで私は家と家の間を大股で歩いていた。大股で、歩いていたのだ。

今日あたり、ウッドテラスで孤独なバーベキューでも楽しむかな。

そんなことも思いつつ。見えない柱を支えつつ。

本書は、「星星峡」二〇一二年十月号〜二〇一三年十一月号、「ポンツーン」二〇一四年一月号〜二〇一五年八月号に連載された「文学的以前・以降」を大幅に加筆・修正し、改題いたしました。

JASRAC 出 1600637-601

装画／ミロコマチコ
装丁／アリヤマデザインストア

〈著者紹介〉
町田康(まちだ・こう)　1962(昭和37)年大阪府生まれ。町田町蔵の名で歌手活動を始め、1981年パンクバンド「INU」の『メシ喰うな!』でレコードデビュー。俳優としても活躍する。1996(平成8)年、初の小説「くっすん大黒」を発表、同作は翌1997年Bunkamuraドゥマゴ文学賞・野間文芸新人賞を受賞した。以降、2000年「きれぎれ」で芥川賞、2001年詩集『土間の四十八滝』で萩原朔太郎賞、2002年「権現の踊り子」で川端康成文学賞、2005年『告白』で谷崎潤一郎賞、2008年『宿屋めぐり』で野間文芸賞を受賞。他の著書に『夫婦茶碗』『猫にかまけて』『浄土』『スピンク日記』『スピンク合財帖』『猫とあほんだら』『餓鬼道巡行』など多数。

リフォームの爆発
2016年3月15日　第1刷発行

著　者　町田 康
発行者　見城 徹

GENTOSHA

発行所　株式会社 幻冬舎
〒151-0051 東京都渋谷区千駄ヶ谷4-9-7

電話:03(5411)6211(編集)
03(5411)6222(営業)
振替:00120-8-767643
印刷・製本所:中央精版印刷株式会社

検印廃止


ISBN978-4-344-02902-6 C0095
幻冬舎ホームページアドレス　http://www.gentosha.co.jp/

この本に関するご意見・ご感想をメールでお寄せいただく場合は、
comment@gentosha.co.jpまで。